Possy & Popper

ポッシーとポパー

ふたりは探偵《たんてい》

魔《ま》界《かい》からの挑《ちょう》戦《せん》

作：オカザキ・ヨシヒサ
絵：小林 系

理論社

CONTENTS

もくじ

CHESSTAN

1

毎朝《まいあさ》の〃なぞなぞ〃

チェスタン書房《しょぼう》の二階《にかい》の窓《まど》は、ピタリとしまっていた。ずるがしこいすきま風《かぜ》でも、はいりこむことはできない。けれども、ひかりだけは特別《とくべつ》で、スルリとはいりこめる。

え？　そんなのあたりまえだって？

よろしい、それでは、朝《あさ》いちばんの太陽《たいよう》のひかりといっしょに、スルリとはいりこむとしよう。

部屋《へや》の中《なか》にはベッドが二《ふた》つあって、子《こ》どもが二人《ふたり》、スヤスヤねむっている。

二人《ふたり》は姉《あね》と弟《おとうと》で、年《とし》は三《みっ》つちがい。お姉《ねえ》ちゃんのほうがポシーで、弟《おとうと》くんのほうはポパーだ。

ほんとうの名《な》まえは〝ポーシリナ・ポラポリス〟と〝ポナパレンドル・ポラポリス〟というのだが、ふだんは〝ポシー〟〝ポパー〟といっている。

ポシーとポパーは、お母《かあ》さんの顔《かお》をしらない。お父《とう》さんの顔《かお》もしらない。ものごころがついたときにはもう、チェスタン書房《しょぼう》の二階《にかい》にすんでいた。

年下《としした》のポパーは、ほんとうに、なにひとつおぼえていないが、年上《としうえ》のポシーは、じつはすこしだけ、おぼえていることがある。

それは、びっくりするほどキラキラかがやく星空《ほしぞら》で、たくさんの星《ほし》をみながら、彼女《かのじょ》は空《そら》をとんでいた。ヒューヒュー音《おと》をたてて、夜風《よかぜ》が頬《ほほ》をくすぐる。そして、だれかの、大《おお》きくてやさしい腕《うで》に、しっかりと、だきかかえられていた。弟《おとうと》のポパーもいっしょだった。

チェスタン書房《しょぼう》の窓《まど》からみえる夜空《よぞら》は、街《まち》のあかりのせいで、いつでもぼんやりしている。ポシーがおぼえている星空《ほしぞら》の、くっきりとしたきらめきとは、すこしもにていない。だからきっと、ここではないどこからか、やってきたのだ。まだなにもわからない、おさないころに……。

さて、そうこうするうちに、弟《おとうと》のポナパレンドル――ポパーが目《め》をさました。ベッドの上《うえ》で体《からだ》をおこすとポパーは、しばらくのあいだ、窓《まど》にあふれる朝《あさ》のひかりをぼんやりとみていたが、枕《まくら》の下《した》から青《あお》い革表紙《かわびょうし》のノートをとりだすと、ポシーのところへいった。

「おはよう、お姉《ねえ》ちゃん。まだねむってる？」

すると「ねむってる人《ひと》は、返事《へんじ》なんてしないでしょ」といいながらポシーが目《め》をあけた。

「お姉《ねえ》ちゃん、なぞなぞだして！」

ポパーはノートをひらきながらいった。

「毎朝毎朝《まいあさまいあさ》、よくあきないわね」

あきれたようにわらうとポシーは、本棚《ほんだな》から、ぶあつい本《ほん》をひっぱりだした。題名《だいめい》は『世界《せかい》なぞなぞ大百科《だいひゃっか》』。世界中《せかいじゅう》のなぞなぞをあつめた本《ほん》で、なんと、千《せん》ページ以上《いじょう》もある。

「えっと、今日《きょう》のなぞなぞは……」

そういいながらページをめくっていくうち、ポシーのまぶたが、うっすらと、やまぶき色《いろ》になった。それをみても、ポパーはちっともおどろかない。だって、いつものことなのだ。

なにかをさがそうとすると、ポシーのまぶたには、色《いろ》がうかびでてくる。どんな色《いろ》がでるかは、きまっていないが、赤《あか》、青《あお》、黄《き》、むらさき、みどり……と、虹《にじ》のように色《いろ》とりどり。

ちょっとふしぎなことなので、病院《びょういん》でみてもらったことはあるが、原因《げんいん》はわからずじまい。お医者《いしゃ》さんは、こまりきった顔《かお》で「人間《にんげん》の体《からだ》もね、まあ意外《いがい》と、いろんな色《いろ》がでますからね。ま、心配《しんぱい》ないでしょ」といっただけだった。

たしかに、人間《にんげん》はしょっちゅう、赤《あか》くなったり、青《あお》くなったりするし、ぶつけてむらさき色《いろ》になったり、黄色《きいろ》くなったり、黒《くろ》ずんだりもする。

「いいわ、今日《きょう》はこれにする」

そういってポシーは、なぞなぞをよみあげた。

〝泥棒《どろぼう》でもなければ、サンタクロースでもない、すきま風《かぜ》でもなければ、煙《けむり》でもないのに、勝手《かって》に部屋《へや》にはいってきて、勝手《かって》にでていくもの、なぁんだ？〟

ポパーはそれを、一文字《ひともじ》ずつていねいに、ノートにかきとった。

「自分《じぶん》でこの本《ほん》をひらいて、すきなだけ、かきうつしたらどうなの？　そうすれば、わたしが毎朝《まいあさ》よんであげなくても、よくなるんじゃない？」

ポシーがそういうとポパーは、

「そんなのやだよ！　だって、だしてもらうのが、たのしいんだもん」

もちろん、そのとおりだ。人《ひと》にだしてもらうほうが、たのしいにきまっている。

なぞなぞは、すぐにこたえがわかる日《ひ》もあれば、一日中《いちにちじゅう》かんがえてもわからず、二日《ふつか》も三日《みっか》もたってから、パッと、こたえがおもいうかぶこともあった。

今日《きょう》のなぞなぞは、かんたんだった。ついさっき、ポパーがみていたもの——そう、こたえは〝太陽《たいよう》のひかり〟だ。窓《まど》がしまっていても、スルリと部屋《へや》にはいりこんでくる。そして、夜《よる》になれば、勝手《かって》にでていく。そんなのあたりまえ、だよね？

こたえが〝太陽《たいよう》のひかり〟だとわかるとポパーは、もういっぺん、窓《まど》のほうをみた。すると、彼《かれ》のベッドの上《うえ》で、白猫《しろねこ》のヨレナがのびをした。

きもちよさそうに体《からだ》をのばすヨレナは、尻尾《しっぽ》の先《さき》から、前足《まえあし》の先《さき》まで、まっ白《しろ》。毛《け》なみもツヤツヤで、とてもきれい――なのだが、ただ一《いっ》か所《しょ》、右《みぎ》の耳《みみ》だけは黒《くろ》い。まるで、どこかの黒猫《くろねこ》と、耳《みみ》だけとりかえたみたいに、まっ黒《くろ》。けれどもヨレナは、そんなこと、ちっとも気《き》にせず、黒《くろ》い右耳《みぎみみ》を、愛《いと》おしそうになでつけた。

ヨレナがのんびり毛《け》づくろいするのを、ポシーもポパーも、ぜんぜんみていなかった。自分《じぶん》たちのきがえで大《おお》いそがし。猫《ねこ》とちがって人間《にんげん》は、パジャマをぬいだり、服《ふく》をきたりしなくてはならない。服《ふく》をきてしまうとポシーは、髪《かみ》をうしろで二《ふた》つにわけて三《み》つあみにした。毎朝《まいあさ》のことなので、鏡《かがみ》をみなくても、ちゃんときれいにあめる。でも、彼女《かのじょ》がすきなのは、三《み》つあみにすることよりも、三《み》つあみをほどくこと。ほどいた髪《かみ》が、フワフワなみうつのが大《だい》すきなのだ。

みじたくをすませると、ポシーとポパーは部屋《へや》をでた。ヨレナもいっしょだ。

チェスタン書房《しょぼう》の建物《たてもの》は、一階《いっかい》が店舗《てんぽ》で、二階《にかい》が家族《かぞく》の住居《じゅうきょ》になっている。寝室《しんしつ》や食堂《しょくどう》、居間《いま》、キッチン、バスルームにトイレ、洗濯室《せんたくしつ》や乾燥室《かんそうしつ》など、すべて二階《にかい》にある。

ノックをして居間《いま》にはいると、この家《いえ》の主人《あるじ》、チェスタン氏《し》が、愛用《あいよう》の揺《ゆ》り椅子《いす》にすわって、新聞《しんぶん》をよんでいた。ポシーとポパーが朝《あさ》のあいさつをすると、彼《かれ》も新聞《しんぶん》から顔《かお》をあげて「おはよう」と、ほがらかにいった。

チェスタン氏《し》は、ボウタイをしめて、ツイードのチョッキをきている。紳士《しんし》である彼《かれ》は、みだしなみを、とても大切《たいせつ》にしている。家《いえ》の中《なか》であろうとも、きちんとした服装《ふくそう》をするのが、チェスタン家《け》のならわしだ。パジャマがゆるされるのは、寝室《しんしつ》だけ。

だからもし（いやいや、二人とももう、おさなくはないのだし、まさかそんなことはしないとおもうが）、ポシーとポパーが、パジャマのまま、ボサボサ頭《あたま》で、ねむい目《め》をこすりながら、居間《いま》にはいってこようものなら、チェスタン氏《し》は、あまりいい顔《かお》をしない――それどころか、きわめて残念《ざんねん》そうな顔《かお》をする。

そして、こういうのだ、「いま、こ、こ、に……」と。

ポシーとポパーの養父《ようふ》として、チェスタン氏《し》は、二人《ふたり》に不自由《ふじゆう》なおもいをさせたくない、とかんがえていた。だが、それと同時《どうじ》に、きちんと礼儀作法《れいぎさほう》を身《み》につけさせたい、とかんがえてもいた。つまり、のびのびと、行儀《ぎょうぎ》のいい子《こ》にそだってほしい、というわけだ。世《よ》の中《なか》のほんとうの親《おや》たちも、たいていはまあ、おなじようなことをかんがえている。

それはさておき、チェスタン氏《し》の、さっきの言葉《ことば》のつづきはというと——

「いまここに、王《おう》さまお妃《きさき》さまが、おいでになられたとしても、はずかしくないようにしておくべきだ、とはおもわないかね？」

ようするに、お行儀《ぎょうぎ》よくしなさい、ということなのだが、これをいうときの、チェスタン氏《し》の口《くち》ぶりときたらまるで、〝王《おう》さまお妃《きさき》さま〟におつかえしたことが、ほんとうにあるかのようなのだ。

だけど、ポシーもポパーも、王《おう》さまお妃《きさき》さまが、どういう人《ひと》たちなのかなんて、ちっともわからない。だってこの国《くに》には、王《おう》さまもお妃《きさき》さまもいないのだ。王《おう》宮《きゅう》もないし、騎士団《きしだん》もいない。

と、そのとき、ふわりといいにおいがして、居間《いま》のつづきにある食堂《しょくどう》にチェスタン夫人《ふじん》ナジアがやってきた。紅茶《こうちゃ》のポットやカップ、それに朝食《ちょうしょく》のお皿《さら》をのせたワゴンをおしている。陶器《とうき》がふれあって、カチャカチャとすてきな音《おと》がする。「おはよう、かわいい子《こ》どもたち！」彼女《かのじょ》は陽気《ようき》な声《こえ》でいった。「さあさあ、おまちかね、チェスタン夫人《ふじん》の朝食《ちょうしょく》ですよ！」

まさしくそのとおり。彼女《かのじょ》の朝食《ちょうしょく》なしでは、チェスタン家《け》の一日《いちにち》は、はじまらない。

とくにミルクティーは、つめたいミルクに、あつい紅茶《こうちゃ》をそそぐだけなのに、ふしぎなほど、おいしい。どうしてなのかは、わからない。わからないが、もしほかのだれかが、おなじ茶葉《ちゃば》とおなじミルクをつかったとしても、ぜんぜん、おなじにならないことだけは、たしかだ。

ほかには、トースト、ジャム、バター、チーズをひときれ、それから、ドライフルーツをちらして蜂蜜《はちみつ》をかけたヨーグルト。チェスタン家《け》の朝食《ちょうしょく》は――ナジアにいわせると、おなかをいっぱいにするより、目《め》をさますためにたべるものだった。ゆったりすごす週末《しゅうまつ》の朝《あさ》は、もうすこしたっぷりたべるけれども。

朝食《ちょうしょく》をすませると、ポシーとポパーは部屋《へや》にもどり、学校《がっこう》へいく準備《じゅんび》をした。授業《じゅぎょう》でつかう物《もの》はもちろん、休《やす》み時間《じかん》にたべるおやつも、わすれずカバンにいれた（この日《ひ》は、チェスタン夫人《ふじん》が焼《や》いてくれた、パウンドケーキをひときれ）。

これで準備《じゅんび》オーケー、といいたいところだが、もうひとつ、だいじな物《もの》がある。弟《おとうと》のポパーは、どこへいくにも青《あお》い革表紙《かわびょうし》のノートをもつが、ポシーのほうはかならず、小《ちい》さなポシェットを肩《かた》にかける。学校《がっこう》のカバンとはべつに。

正直《しょうじき》いって、ちょっと子《こ》どもっぽいポシェットだし、肩《かた》ひものながさも、ななめがけするには、そろそろギリギリいっぱいなのだが、ポシーはちっとも気《き》にしていない。だって、これをもっていれば、安心《あんしん》できるのだ。あの、いちばんふるい記憶《きおく》の中《なか》でも——つまり、星々《ほしぼし》をみながら夜空《よぞら》をとんでいたときも、彼女《かのじょ》はこのポシェットを、しっかりにぎりしめていた。

え？　ポシェットに、なにをいれてるかって？

じつは、なにもはいっていない。からっぽだ。でも、なにかだいじな物《もの》があるときは、このポシェットにいれる。つまり、いざというときのために、ふだんは、あけてあるのだ。

「いってきます！」そういってポシーとポパーは、階段室《かいだんしつ》のドアをあけた。二階《にかい》から一階《いっかい》へおりる内階段《うちかいだん》は、幅《はば》がひろく、ゆったりとしたカーブをえがいている。ところどころ、はめごろしの小窓《こまど》があるので、あかるいうちは電燈《でんとう》がいらない。

階段《かいだん》を下《した》までおりると玄関《げんかん》があって、ステンドグラスのついた両《りょう》びらきのドアをあけると、外《そと》へでられる。ちなみに、建物《たてもの》の中《なか》には、もうひとつ階段《かいだん》があって、そっちをおりると、二階《にかい》からじかに、チェスタン書房《しょぼう》へいけるようになっている。

さて、ポシーとポパーが歩道《ほどう》でまっていると、小《ちい》さくて白《しろ》いスクールバスがやってきた。

バスのドアがひらくと二人《ふたり》は、運転手《うんてんしゅ》のデンナーさんに「おはようございます」とあいさつをして、いちばんうしろの席《せき》にすわった。座席《ざせき》はぜんぶで十六《じゅうろく》。満《まん》席《せき》になることはないが、あとからのってくる生徒《せいと》たちのために、まえの席《せき》はあけておくきまりだった。

運転手《うんてんしゅ》のデンナーさんは、ブロッコリーみたいな髪型《かみがた》をして、まるい金《きん》ぶちめがねをかけているが、生徒《せいと》たちがあいさつをしても、「ん」とか「あ」とかいうだけで、だれとも話《はなし》をしたことがない。どこか外国《がいこく》からきたんだ、という人《ひと》もいたが、だれにもわからない。ただ、運転《うんてん》はとてもうまかった。

チェスタン書房《しょぼう》がいちばん学校《がっこう》から遠《とお》いので、ポシーとポパーは、毎朝《まいあさ》いちばんにバスにのる。バスはしばらくのあいだ、二人《ふたり》だけをのせてはしる。道順《みちじゅん》はもちろん、毎朝《まいあさ》おなじだ。

三《みっ》つめの大《おお》きな交差点《こうさてん》をまがったあと、道《みち》はゆるやかにくだり、ながい地下道《ちかどう》路《ろ》にはいる。朝《あさ》なのに、まっくらな道《みち》をはしるのは、すごく、ふしぎなかんじだ。自動車《じどうしゃ》はみんな、ヘッドライトをつけていて、トンネルの天井《てんじょう》や壁《かべ》には、オレンジ色《いろ》のランプがともっている。

バスの窓《まど》ガラスは、黒《くろ》い鏡《かがみ》のように、ポシーとポパーのすがたをうつしている。まるで、窓《まど》のすぐむこうにもう一台《いちだい》、べつのバスがはしっていて、ポシーとポパーにそっくりな子《こ》どもが二人《ふたり》、すわっているかのよう。

ポシーはもう一人《ひとり》の自分《じぶん》をジッとみた——もう一人《ひとり》の自分《じぶん》も、ポシーのことをジッとみている。顔《かお》もおなじなら、三《み》つあみも、そっくりおなじ。ポシーはいま、かなしくもなければ、たのしくもない——もう一人《ひとり》の自分《じぶん》が、どうおもっているのかは、わからない。窓《まど》ガラスにうつっているのは、自分《じぶん》なのに、自分《じぶん》ではないみたいだった。

2

さがしものの天才《てんさい》

担任《たんにん》のボルベーリ先生《せんせい》は、生徒《せいと》たちが教室《きょうしつ》にはいってくると、ちゃんと一人《ひとり》ずつ、握手《あくしゅ》をする。毎朝《まいあさ》かならずだ。「おはよう、ポシーさん」というように、生徒《せいと》の名《な》まえをよんで、顔《かお》をみながら手《て》をにぎる。出席簿《しゅっせきぼ》をよみあげるかわりに、そうするのだ。

ポシーとポパーの学校《がっこう》は、とても小《ちい》さくて、クラスがひとつしかない。そのクラスに、一年生《いちねんせい》から六年生《ろくねんせい》までいる。生徒《せいと》のいない学年《がくねん》があってもかまわないが、生徒数《せいとすう》は十二人《じゅうににん》まで。少人数制《しょうにんずうせい》なので、それ以上《いじょう》は、入学《にゅうがく》をことわることになっている。

授業《じゅぎょう》は正午《しょうご》でおしまいになり、給食《きゅうしょく》をたべたら家《いえ》にかえる。午後《ごご》は、ほんのすこし宿題《しゅくだい》をすれば、あとは、すきなことをしていいことになっている。

え？　そんなにのんびりしていて、いいのかって？

たしかに、とてものんびりしている。でもそのかわり、授業《じゅぎょう》は、月曜《げつよう》から土《ど》曜《よう》まで毎日《まいにち》ある。お休《やす》みは日曜《にちよう》だけ。夏休《なつやす》みもみじかい。真夏《まなつ》の、たった二週《にしゅう》間《かん》だけ――ただし、この二週間《にしゅうかん》は、宿題《しゅくだい》がなにもない、完全《かんぜん》なお休《やす》みだ。

毎日《まいにち》すこしずつ勉強《べんきょう》するのがすきで、夏休《なつやす》みの宿題《しゅくだい》がきらいな子《こ》には、ちょうどいい。

給食《きゅうしょく》がおわって、下校《げこう》の時間《じかん》になると、またしても一人《ひとり》ずつ、ボルベーリ先《せん》生《せい》と握手《あくしゅ》をする。先生《せんせい》は、生徒《せいと》の手《て》をにぎったまま、まっすぐに目《め》をみる。今度《こんど》は、なにもいわない。そうすることで子《こ》どもたちは、自分《じぶん》がその日《ひ》、どれだけまなべたか、ふりかえることができる。ときたま、がまんしきれずに、プイッと顔《かお》をそむけてしまう子《こ》もいる。

下校《げこう》のバスは、最初《さいしょ》からクラス全員《ぜんいん》がのっていてワイワイにぎやかだが、途《と》中《ちゅう》でつぎつぎとおりていき、一年生《いちねんせい》のヒューナと三《みっ》つ年上《としうえ》のツーラの姉妹《しまい》がおりてしまうと、最後《さいご》はまた、二人《ふたり》きり。地下道路《ちかどうろ》をはしるバスの黒《くろ》い窓《まど》ガラスにうつるのは、いつでも、ポシーとポパーだけだ。

バスをおりるとき、「さようなら」とあいさつをしても、デンナーさんはやっぱり、「ん」というだけ。でもまあ、なにもいわないよりは、ずっとましなのかもしれないし、ペラペラしゃべるより、よっぽどいいのかもしれない。

玄関《げんかん》の階段《かいだん》から、いったん二階《にかい》にあがって、カバンを部屋《へや》におくと、ポシーとポパーは、もうひとつの階段《かいだん》をおりて、チェスタン書房《しょぼう》へいった。

チェスタン書房《しょぼう》の中《なか》は、室内全体《しつないぜんたい》に、ぐるりと円《えん》をえがくように、天井《てんじょう》までとどく書棚《しょだな》がつくりつけてあり、その内側《うちがわ》に、すこし背《せ》のひくい書棚《しょだな》が、おなじように円《えん》をえがいて、ならんでいる。階段《かいだん》の上《うえ》からみると、まるで迷路《めいろ》そっくり。その中央《ちゅうおう》に、チェスタン氏《し》の机《つくえ》がある。どっしりとしたマホガニー製《せい》の両袖机《りょうそでづくえ》で、ながい歳月《さいげつ》にみがかれてツヤツヤしている。床《ゆか》には、しずかな森《もり》の苔《こけ》のような、みどり色《いろ》の絨毯《じゅうたん》がしいてあって、靴音《くつおと》がひびかないようになっている。

チェスタン氏《し》は、机《つくえ》にむかって、本《ほん》の手入《てい》れをしていた。一冊《いっさつ》ずつていねいに、やわらかい羽根《はね》ぼうきで、ほこりをはらい、パラパラとページをめくって風《かぜ》をいれる。ときどき、こうして手《て》をかけてやるだけで、本《ほん》は、ずいぶん、ながもちするのだ。

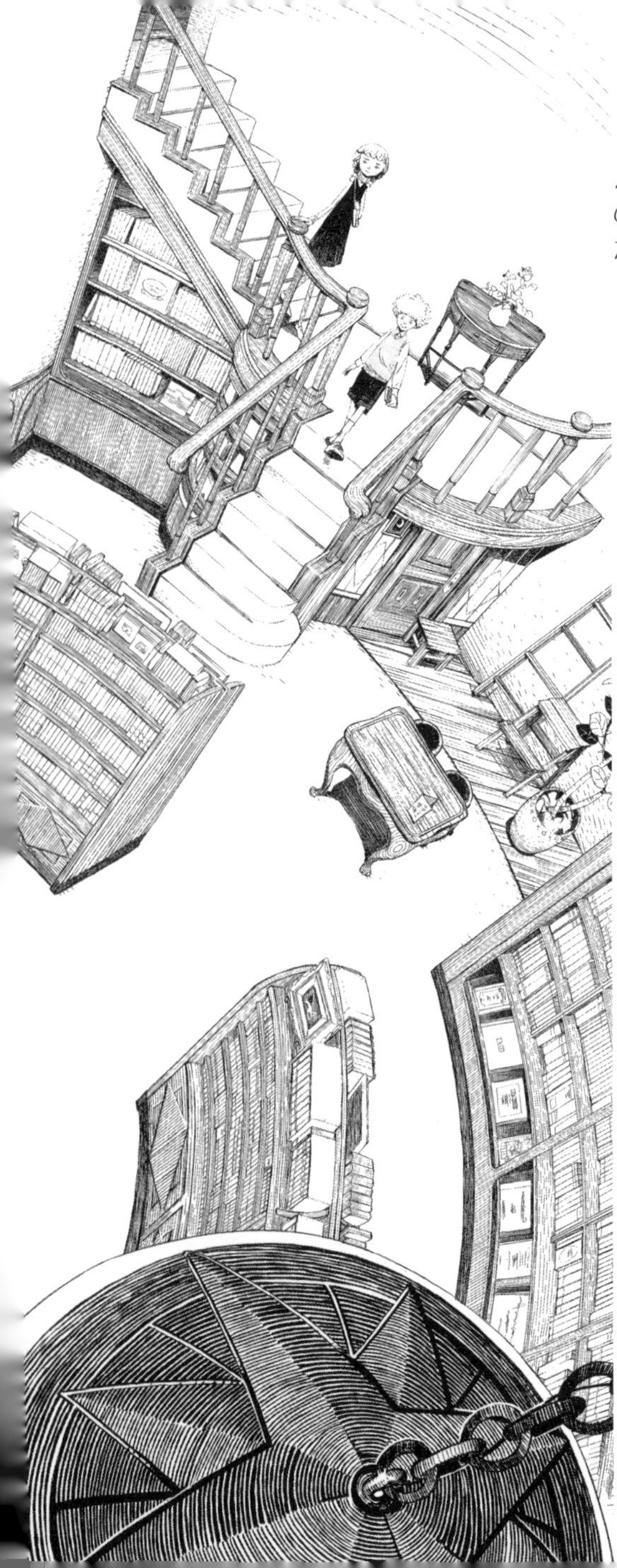

ポシーとポパーが「ただいま！」というと、チェスタン氏《し》は、鼻《はな》めがねのむこうから目《め》をあげて「やあ、おかえり！」といった。

チェスタン書房《しょぼう》のかたすみには、小《ちい》さなテーブルが一《ひと》つ、それに、こしかけが二《ふた》つおいてあり、ポシーとポパーはここで、宿題《しゅくだい》をしたり、本《ほん》をよんだりする。自分《じぶん》たちの部屋《へや》よりひろいし、本《ほん》もたくさんある。『世界《せかい》なぞなぞ大百科《だいひゃっか》』も、ここでみつけた。子《こ》どもたちが本《ほん》のある場所《ばしょ》ですごすのは、チェスタン氏《し》としても、のぞましいことだった。

ところで、ポシーとポパーのテーブルの上《うえ》には、厚紙《あつがみ》でつくった三角筒《さんかくつつ》がたててあって、こうかいてある——

さがしもの探偵《たんてい》

え？　探偵《たんてい》だって？　そうおもって、三角筒《さんかくつつ》をクルリとまわすと——

さがしもの　みつけます

ほかにもなにか、かいてあるのかな、とクルリとまわすと――

＊探偵《たんてい》の報酬《ほうしゅう》として本《ほん》を一冊《いっさつ》
お買《か》い求《もと》めください
＊ただしご相談《そうだん》には応《おう》じます

最後《さいご》のところだけは、チェスタン氏《し》にかいてもらったが、それにしても、これはいったい、どういうことかというと――じつはポシーは、さがしものの天才《てんさい》で、みんながなくしたり、おとしたりして、みつけられなくなってしまった物《もの》でも、彼女《かのじょ》ならちゃんと、みつけだすことができるのだ（さがしものをするときにはもちろん、まぶたに色《いろ》がうかびでる）。
たとえば――家《いえ》のカギや自転車《じてんしゃ》のカギ、図書館《としょかん》でかりた本《ほん》、お財布《さいふ》、片方《かたほう》のイヤリング、だいじなぬいぐるみ、赤《あか》ちゃんの靴《くつ》、コートのボタン、水筒《すいとう》のフタ、重要《じゅうよう》な書類《しょるい》、などなど。

その評判《ひょうばん》が、すこしずつひろまっていき、さがしものをしてもらいたい人《ひと》が、チェスタン書房《しょぼう》をたずねてくるようになった。たいていは、この街《まち》にすんでいる人《ひと》たちだが、うわさをききつけて、ずいぶん遠《とお》くから、たずねてくることもあった。

ポシーのさがしものは、いうなれば、雪《ゆき》の日《ひ》におとした手袋《てぶくろ》をみつけるのとおなじだった――足《あし》あとをたどってひきかえせば、手袋《てぶくろ》はちゃんと、おとした場所《ばしょ》にある、というわけだ。彼女《かのじょ》にはその〝足《あし》あと〟がみえるけれど、ほかの人《ひと》たちにはみえない。

さがしものは、無料《むりょう》ではない。ちゃんと報酬《ほうしゅう》をもらう。テーブルとこしかけをおかせてもらうかわりに、さがしものをたのみにきた人《ひと》には、チェスタン書房《しょぼう》で売《う》っている本《ほん》を、どれでもいいから一冊《いっさつ》えらんで、買《か》っていってもらう。それがつまり、さがしものの報酬《ほうしゅう》というわけだ。

とはいえ、さがしものの依頼人《いらいにん》は、そうしょっちゅう、やってくるわけではない。だれもこない日《ひ》だって、ちっともめずらしくない。むしろ、それがふつうだ。だから、おやつがたべたくなったり、楽器《がっき》がひきたくなったりすれば、二人《ふたり》はいつでも、すきなときに二階《にかい》へあがるし、そのまま、外《そと》へあそびにいってしまうことだってある。でも、そのせいでこまったことなんて、これまで一度《いちど》もなかった――そう、これまでは、だ。

＊

ところで、さがしものの天才《てんさい》ポシーがみつけたもののうちで、いちばんめずらしかったのは、なにかというと――星《ほし》だった。そう、夜空《よぞら》にかがやく星《ほし》だ。その〝星《ほし》〟は、だれかにたのまれてさがしたわけではなかったし、彼女《かのじょ》以外《いがい》、だれにもみることができないものだった。

「あそこに、お星《ほし》さまがある！」

そのむかし、おさないポシーは、太陽《たいよう》をゆびさしてそういった。いわれてみれば、たしかに、太陽《たいよう》は〝お星《ほし》さま〟だ。最初《さいしょ》はみんな、ポシーがそのことを、子《こ》どもらしい無邪気《むじゃき》さで発見《はっけん》したのだとおもった。けれども彼女《かのじょ》は、太陽《たいよう》のむこうに星《ほし》がある、というのだった。

チェスタン夫妻《ふさい》は、目《め》をほそめて太陽《たいよう》をみたが、まぶしすぎて、まっすぐみていられなかった。そもそも、あかるい昼間《ひるま》なのに、星《ほし》がみえるなんて、ありそうにないことだ。

「ほんとうに、みえるんだね？」

「うん。でもね、目《め》はあけないの」おさないポシーはいった。「あけないで、みるの。そうしたら、みえるの。とても小《ちい》さなお星《ほし》さま。すごく小《ちい》さい」

おもわず顔《かお》をみあわせると、チェスタン夫妻《ふさい》は、ポシーにそっと耳《みみ》うちした――その星《ほし》のことは、だれにもいってはいけないよ、と。

ポシーはだから、それっきり、だれにも星《ほし》の話《はなし》はしていない。

だが、その星《ほし》がちゃんとある、ということはわかっていたし、なにかこまったことがあっても、その星《ほし》をおもいえがけば、勇気《ゆうき》がわいてくることも、わかっていた。

＊

さて、三時《さんじ》になるとポシーとポパーは、おやつをたべに、二階《にかい》へあがった。この日《ひ》は、チェスタン夫人《ふじん》が、ナジア特製《とくせい》ドーナツをつくってくれることになっていた。彼女《かのじょ》のあげたてドーナツは、二人《ふたり》とも大好物《だいこうぶつ》だった。カリッとしていて、フワッとしていて、ほんのりあまいのだ。

二人《ふたり》はこころゆくまでドーナツをたべると、のこりは、明日《あす》の学校《がっこう》のおやつにもっていくことにした。ナジア特製《とくせい》ドーナツは、つぎの日《ひ》もおいしいのだ。

ドーナツをたべおえて、すっかり満足《まんぞく》したポシーとポパーが一階《いっかい》にもどってみると、なんと！　さがしものの依頼人《いらいにん》がきて、まっているではないか。こんなことは、はじめてだった。まさか、おやつの時間《じかん》にくるなんて！　しかもどうやら、この街《まち》の人《ひと》ではなさそうだ。

背《せ》たけや体《からだ》つきは、ポパーよりは大《おお》きいけれど、ポシーとは、おなじぐらい。でも、ツヤツヤした青《あお》いスーツをきて、あごの先《さき》に、とがったヒゲをはやしている。だからもしかすると、小《ちい》さい大人《おとな》なのかもしれない。前髪《まえがみ》が、ホイップクリームみたいに、フワッとまきあがっていて、小《ちい》さな猿《さる》を一匹《いっぴき》、肩《かた》にのせている。ほんものの猿《さる》だ。毛《け》なみは銀色《ぎんいろ》で、まっ黒《くろ》な顔《かお》をしている。

ポシーとポパーがもどってきたのをみると依頼人《いらいにん》は、手《て》にとってみていた三角《さんかく》筒《つつ》をテーブルの上《うえ》にもどして、もったいぶったしぐさでお辞儀《じぎ》をした。

「さっそくだが」と彼《かれ》はいった。「わたくしといっしょに、くるがいい……じゃなくて、きていただきたい。わたくしの主人《あるじ》が、さがしものをたのみたい、とおおせです」

「あなたは、どなたですか？」とポシーがたずねると、

「チェッ。きかれなきゃ、いわないつもりだったのに……じゃなくて、もうしおくれました。わたくしはトムイム、こちらは、パートナーのモンシェです」

モンシェは、自分《じぶん》の名《な》まえがよばれたのがわかると、ウキッキと陽気《ようき》な声《こえ》をたてた。

「いっしょにいくって、どこへですか？」

「明日《あす》の朝《あさ》、むかえにきてやる……じゃなくて、おむかえにあがります。せいぜい覚悟《かくご》しておけよ……じゃなくて、いちおう、こころづもりしておいてください」

31　さがしものの天才

「でも、明日《あした》は学校《がっこう》があるから……」

「学校《がっこう》？　なんだよそんなの……じゃなくて、もちろん、わかっておりますとも」

そういうとトムイムはいきなり、両手《りょうて》のひとさし指《ゆび》を口《くち》につっこんで、左右《さゆう》に、おもいきりひっぱった。すると、彼《かれ》の口《くち》はまるで、やわらかいゴムのように、いくらでものびるのだった（というか、こわいぐらいだった！）。

「アア、もう！　人間《にんげん》の言葉《ことば》というのは、むずかしいな！　本音《ほんね》をかくすのに苦《く》労《ろう》するよ。人間《にんげん》どもはよくもまあ、こんな言葉《ことば》をつかっていられるものだ！」

まるで自分《じぶん》が人間《にんげん》ではないかのようなことをいうとトムイムは、いうべきことはすべていった、とでもいうように、サッときびすをかえして、店《みせ》からでていった。

ポシーとポパーは、あっけにとられて、そのうしろすがたをみていた。

3

依頼主《いらいぬし》は悪魔《あくま》!?

つぎの朝《あさ》、スクールバスをまちながらポパーは、なぞなぞのこたえをかんがえていた。もちろん、『世界《せかい》なぞなぞ大百科《だいひゃっか》』からだしてもらったなぞなぞだ。

〝みんなはわたしがすきじゃない。なぜなら正直《しょうじき》すぎるから。それでも、わたしをみずにはいられないし、女《おんな》の人《ひと》はわたしをどこへでもつれていく。わたしは、だぁれ？〟

かんたんにわかりそうな気《き》がしたのに、こたえはちっとも、おもいうかばなかった。〃わたし〃が人《ひと》ではなく、物《もの》だということはすぐにわかったし、〃どこへでもつれていく〃のだから、もちはこべる物《もの》だ、ということもわかった。なのに、そこからさきが、わからない。

ポパーはちらりと横《よこ》をみた。チェスタン書房《しょぼう》のまえの歩道《ほどう》には、〃女《おんな》の人《ひと》〃が二人《ふたり》たっている——お姉《ねえ》ちゃんのポシーとチェスタン夫人《ふじん》だ（彼女《かのじょ》はときどき、みおくりにきてくれるのだ）。二人《ふたり》とも〃わたし〃をもってるのかな、とポパーはかんがえた。

え？　わからないなら、質問《しつもん》すればいいって？

ダメダメ、それはできない。じつをいうと、毎朝《まいあさ》のなぞなぞは、ポシーとポパー二人《ふたり》だけの秘密《ひみつ》なのだ。だからポパーは、こたえがわからなくても、だれかに質《しつ》問《もん》したりしない。自分一人《じぶんひとり》でかんがえる。秘密《ひみつ》とは、そういうものだ。

それはそうと、昨日《きのう》のおかしな依頼人《いらいにん》のトムイムは、どうしたのかというと、〃明日《あす》の朝《あさ》、むかえにきてやる〃などといったくせに、どこにもみあたらない。

もしかすると、さがしものは、もうみつかったのかもしれない。それなら、このまま学校《がっこう》へいけばいいだけだ。

「さあさあ、二人《ふたり》とも、バスがきたわよ」そういって、チェスタン夫人《ふじん》は腕時計《うでどけい》をみた。「時間《じかん》どおりね。いいことだわ」

もしかして〝わたし〟は腕時計《うでどけい》のことかな、とポパーはおもった。けれども、女《おんな》の人《ひと》でなくても腕時計《うでどけい》はつけるし、正直《しょうじき》すぎてきらわれたりもしない。だから、きっと、腕時計《うでどけい》は〝わたし〟ではない。

「つづきはまた、バスの中《なか》でかんがえればいいや」

ポパーはそうおもった。ところが、目《め》のまえにとまったバスをみたとたん、びっくりして、声《こえ》もでなかった。なんと！　白《しろ》いはずのスクールバスの表面《ひょうめん》が鏡《かがみ》になっていて、まわりの景色《けしき》をうつしているではないか。うっかりすると、そこにはバスなんかなくて、なにか透明《とうめい》なかたまりがあるようにみえる。でも、よくみれば、ポシーとポパーのポカンとした顔《かお》がうつっている。

ん？　チェスタン夫人《ふじん》は、大《おお》さわぎしなかったのかって？

それが、まったく気《き》づかなかったのだ。彼女《かのじょ》の目《め》には、ただの白《しろ》いスクールバスにみえていた。だから、「いってらっしゃい！　しっかり勉強《べんきょう》してくるのよ！」と、にこやかな顔《かお》でいうのだった。

ポシーとポパーは、おそるおそる、バスの中《なか》をのぞきこんだ。すると、昨日《きのう》のトムイムがいて、

「さっさとのれよ……じゃなくて、さあさあ、おのりください」

といった。彼《かれ》の肩《かた》には、昨日《きのう》とおなじように銀色《ぎんいろ》の猿《さる》、モンシェがのっている。

「心配《しんぱい》なさらずとも、学校《がっこう》は遅刻《ちこく》せずにいけますよ……じゃなくて、ウジウジするんじゃねぇよ、学校《がっこう》は、ちゃんといかせてやるからさ」

「え……？」

ポシーとポパーは、トムイムの顔《かお》をジッとみた。猿《さる》のモンシェが、クイクイと耳《みみ》をひっぱったので、トムイムはようやく、自分《じぶん》がさかさまにいってしまったことに気《き》づいた。

「チェッ。やっぱりめんどくさいな、人間《にんげん》の言葉《ことば》は」

「あら、どうかしたの？」

なかなかバスにのろうとしないポシーとポパーをみて、チェスタン夫人《ふじん》がいった。

「なんでもない。だいじょうぶ。いってきます」

そういってポシーは、弟《おとうと》の手《て》をひいてバスにのった。

チェスタン夫人《ふじん》には、トムイムやモンシェのすがたはみえていないのだ。声《こえ》もきこえていない。

バスにのりこんで、ちらりと運転席《うんてんせき》をみると、いつものデンナーさんがいる。「おはようございます」とあいさっすると、いつもとおなじように「ん」というので、すこし安心《あんしん》した。ところが——

「そいつだって、なにもわかっちゃいないさ！」と、すかさずトムイムがいうのだった。ていねいな言葉《ことば》づかいはもうやめていた。「あきらめて、おとなしくしてるんだな」

「このバス、どこへいくの？」

バスがうごきだすとポシーはきいた。するとトムイムは、大《たい》しておもしろくもなさそうに、

「スクールバスなんだから、いくのは学校《がっこう》だろ。そんなのきまってる。って、オイ、なんでわざわざそんな、うしろの席《せき》にすわるんだ？」

「あとからのる子《こ》たちのために、まえのほうの席《せき》は、あけとかなくちゃいけないんだ」

ポパーがそういうとトムイムは、ニヤニヤしながらいった。

「アア、そう。へー。あとからねぇ」

それをきいて、ポシーもポパーも、こんなバスにのったのは大《おお》まちがいだった！とおもった。

けれどもバスは〝おかしなことなんて、なにひとつありませんよ〟とでもいいたげに、いつもとおなじ道順《みちじゅん》で、のんびりはしっていく。窓《まど》の外《そと》には、みなれた街《まち》の景色《けしき》がみえる。道《みち》ゆく人《ひと》たちが、ものめずらしそうに、このバスをジロジロみたりもしない。きっとみんな、チェスタン夫人《ふじん》とおなじように、ただの白《しろ》いスクールバスにみえているのだ。

「ソウソウ、おまえらにさがしてほしい物《もの》ってさ」しばらくして、トムイムがいった。「それほど大《おお》きな物《もの》じゃないけど、ものすごく小《ちい》さいってわけでもないんだぜ。せいぜい十《じゅっ》センチぐらいだな。オッと。これ以上《いじょう》は、オレの口《くち》からはいえない。もちろん、ちゃーんとしってるけどさ！」

トムイムの口《くち》もとは、しゃべってはいけないことをしゃべってみたくて、ウズウズしていた。まるで、なぞなぞをだしたとたん、こたえをおしえようとしたがる人《ひと》みたいだ。

「さがしものの報酬《ほうしゅう》は、本《ほん》を買《か》ってもらうことだけど、それでいいんだよね？」

ポパーがたずねるとトムイムは、

「わかってるさ。けど、本《ほん》なんかでいいのか？　なんでもいいんだぞ？」

「え？　そうなの？」

「モチロンさ！」トムイムはフフンと鼻《はな》でわらうと「おまえらが、どれだけ要《よう》求《きゅう》できるか、むしろたのしみだよ！　どうせ、たかがチェスのコマだとおもって、大《たい》して要求《ようきゅう》しないんだろうけどな！　だけどもし、あれがほんとうは、どういうコマなのか、しってれば、きっと……」

トムイムは急《きゅう》にだまりこんだ。ポシーとポパーも、なにもいわない。デンナーさんは、無言《むごん》のまま運転《うんてん》している。バスの中《なか》は、とてもしずかだった。

いつものように三《みっ》つめの大《おお》きな交差点《こうさてん》をまがるとバスは、ゆるやかな坂《さか》をくだり、ながい地下道路《ちかどうろ》にはいった。あたりがフッとうすぐらくなり、黒《くろ》い窓《まど》ガラスに、ポシーとポパーのすがたがうつる。

「アノ……」おそるおそる、トムイムが口《くち》をひらいた。「ぼく、なにかいいましたか？」

　おやおや、さっきまでは、えらそうに〝オレ〟といっていたくせに、いまは、よわよわしげに〝ぼく〟といっている。あごの先《さき》のとがったヒゲも、いつのまにかなくなっている。

「もしよかったら……」トムイムはいった。「いまのは、秘密《ひみつ》にしてもらえませんか？　ぼく、しかられてしまうから」

　銀色《ぎんいろ》の猿《さる》のモンシェが、トムイムの頭《あたま》を心配《しんぱい》そうになでた。

　ポシーとポパーは、トムイムのことが、すこしかわいそうになった。

「なにをさがせばいいかは、依頼主《いらいぬし》からちゃんと話《はなし》をきくまで、わからないから」

　ポシーがそういうと、トムイムはホッとため息《いき》をついて、かくれるように座席《ざせき》に体《からだ》をうずめた。

＊

ふと、どこからかいいにおいがする、とおもったら、依頼主《いらいぬし》がいた。いつからバスにのっていたのか、ぜんぜんわからない。ひょっとすると、だまし絵《え》のようにかくれていたのかもしれない。

依頼主《いらいぬし》は、全身《ぜんしん》まっ白《しろ》な服《ふく》をきていた。左右《さゆう》の肩《かた》には、メロンぐらいの大《おお》きさの、綿毛《わたげ》のかたまりみたいな生《い》き物《もの》がのっていて、依頼主《いらいぬし》の顔《かお》のまえに、白《しろ》いレースのベールをたらしている。なので顔《かお》はよくみえないが、青《あお》い瞳《ひとみ》が、もえさかる炎《ほのお》のようにかがやいているのが、レースの布《ぬの》ごしにもみえる。トムイムとはくらべものにならないほど、おそろしい人物《じんぶつ》だということは、ひと目《め》でわかった。

ポシーもポパーも、おもわず身《み》ぶるいした。

「サテ……」といって、依頼主《いらいぬし》が口《くち》をひらいた。「トムイムから、話《はなし》はきいているな？」

その声《こえ》は、おもったよりやさしそうだった。けれどもポシーは、年上《としうえ》らしく、油断《ゆだん》せずにいった。

「はい、なにか、さがしものがあることは、きいてます」

「おまえたち、チェスはできるか？」

「チェス？　あ、えっと、コマのうごかしかたぐらいなら……」

ポシーもポパーも、チェスタン氏《し》からすこしだけ、チェスをおそわったことがあった。

「ソウ、そのコマだ。さがしてもらいたいのは、黒《くろ》のキングだ」

それをきいて、ポシーはホッとした。これでもう、トムイムの失言《しつげん》は気《き》にかけなくていい。

「どんなふうになくなったか、どこでなくしたか、こころあたりはありますか？」

これは、さがしものをたのみにきた人《ひと》、みんなにする質問《しつもん》だった。ところが依《い》頼主《らいぬし》は、

「なくなった？　いや、ちがうな。かくされたのだ。こまったいたずら者《もの》がいて、なんでもかんでも、すぐにかくしてしまうのだ。これがはじめてではない。最後《さいご》でもないだろうがな」

「じゃあ、だれがかくしたか、もうわかってるんですね？」

「もちろんだ。とっくのとうにつかまえて、とじこめてある。身《み》うごきひとつできない牢獄《ろうごく》にな。このわたしの物《もの》をかくしたのだ、罰《ばつ》はあたえねばならん」

「だったら……」ポシーはいった。「その人《ひと》にきけばいいのに」

「きく？　なぜだ？」依頼主《いらいぬし》はふしぎそうにいった。「これは〝なぞなぞ〟となじだ。でなければ、ゲームだ。それなのに、問題《もんだい》をだした相手《あいて》にこたえをきくだと？　おかしな話《はなし》だ！」

いや、なぞなぞ！　その言葉《ことば》をきいてポパーは、興味《きょうみ》ありげに、目《め》をパチパチさせた。

そしてその瞬間《しゅんかん》、パッとひらめいた！　〝正直《しょうじき》すぎてきらわれるもの〟それは〝鏡《かがみ》〟だった。みんな、きらっていても鏡《かがみ》をみるし、女《おんな》の人《ひと》は手鏡《てかがみ》をもちあるいて、あちこちで自分《じぶん》の顔《かお》をたしかめている。

こたえがわかったことを、ポシーにおしえたかったが、いまは、それどころではなかった。

「ゲームなら、あなたが自分《じぶん》で、さがせばいいんじゃないですか？」ポシーはおもいきっていった。「わたしたちなんかに、さがさせたりしないで」

「わたしは、評判《ひょうばん》をきいたのだよ、さがしものの天才《てんさい》のね」そういって依頼主《いらいぬし》は、グッと身《み》をのりだした。「いまここに、その天才《てんさい》がいる。わたしがさがす必要《ひつよう》など、これっぽっちもない」

依頼主《いらいぬし》は、ポシーのことをジッとみつめた。白《しろ》いベールの奥《おく》で、青《あお》い瞳《ひとみ》が、チロチロもえている。まるで、彼女《かのじょ》のすべてを、さぐりだそうとするかのように！

「黒《くろ》のキングをさがせばいい、ということはわかりました」そういって、ポシーはすばやく、話《はなし》をもとにもどした。「でも、できれば、具体的《ぐたいてき》な形《かたち》とか、サイズがわかったほうが……」

依頼主《いらいぬし》は、にぎった手《て》をポシーのほうへさしだすと、手《て》のひらを上《うえ》にして、花《はな》のようにパッとひらいた。するとそこに、高《たか》さ十《じゅっ》センチほどの黒《くろ》のキングがいた——ずんぐりふとったおじさんで、ほうきのように立派《りっぱ》なヒゲをはやし、剣《けん》を膝《ひざ》の上《うえ》によこたえている。どうやら玉座《ぎょくざ》にすわっているようだが、たのしそうな顔《かお》はしていない。しかも〝黒《くろ》〟のキングといいながらそれは、実際《じっさい》のところ、こ

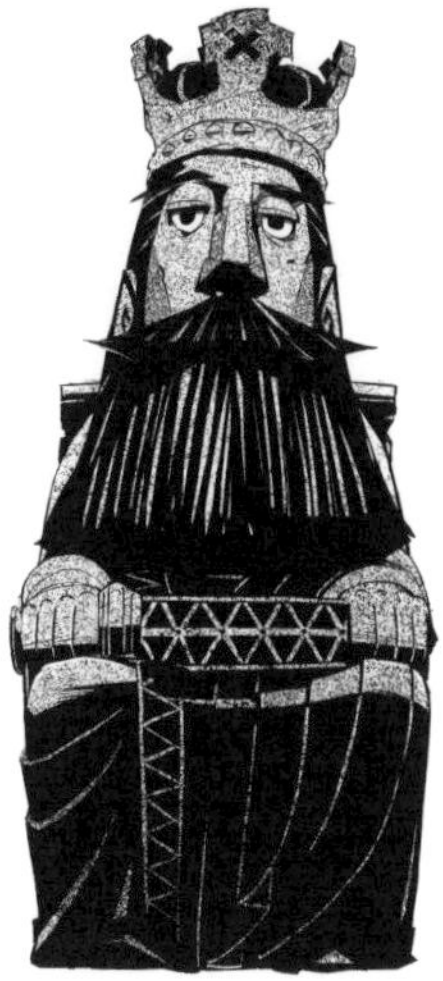

げ茶色《ちゃいろ》だった。そう、まるで、なまがわきの血《ち》のような。

　ポシーはつい、手《て》をのばして、黒《くろ》のキング（というか、こげ茶色《ちゃいろ》のキング）にさわろうとした。けれどもそれは、キングのまぼろしにすぎなかったので、彼女《かのじょ》の指《ゆび》は、ひんやりとした依頼主《いらいぬし》の手《て》のひらにふれただけだった。ポシーはあわてて手《て》をひっこめた。

「百聞《ひゃくぶん》は一見《いっけん》にしかず、というわけだ。なにをさがせばいいか、わかってもらえたかな？」

　依頼主《いらいぬし》は白《しろ》いベールのむこうから、フッと息《いき》をふきかけると、ろうそくの火《ひ》をけすようにして、黒《くろ》のキングのまぼろしをふきけした。最初《さいしょ》にすがたをあらわしたときといい、まるで魔術師《まじゅつし》だ。

「はい。でも……」とポシーはいった。「依頼《いらい》をひきうけるかどうかは、まだきめてません」

「フム、なにが気《き》にくわないのかな?」

ポシーはちょっとかんがえてから、そういえば、依頼主《いらいぬし》がどこのだれなのか、まだなにも、しらされていないことをおもいだした。そして、ふと、依頼主《いらいぬし》の足《あし》をみた。全身《ぜんしん》まっ白《しろ》な服《ふく》をきているのに、どうして靴《くつ》だけ黒《くろ》いのだろう——と、さっきから、ふしぎにおもっていたのだが、彼《かれ》は、靴《くつ》などはいていなかった。

といって、まったくの裸足《はだし》ともちがう。なにか、もえカスのような黒《くろ》くてきたないものが、足《あし》にこびりついている。それは、とてもじゃないが靴《くつ》にはみえない。

もしかすると、白《しろ》くてきれいにみえるものは、すべてまやかしで、この足《あし》こそが、依頼主《いらいぬし》のほんとうのすがたかもしれない!

「あなたは、だれですか?」

ポシーは、おそるおそるたずねた。すると、依頼主《いらいぬし》はいうのだった。

「依頼主《いらいぬし》には、自分《じぶん》の秘密《ひみつ》をまもる権利《けんり》がある」

「それなら、わたしたちにできることはありません!」

そういってポシーはたちあがった。たちあがってから、スクールバスの中《なか》だったことをおもいだした。バスがゆれて、彼女《かのじょ》はまた、ぺたんと座席《ざせき》にすわった。窓《まど》をみる。黒《くろ》い窓《まど》だ。バスはまだ、地下道路《ちかどうろ》をはしっている。ヘンだな、と彼《か》女《じょ》はおもった。もうとっくに、地上《ちじょう》をはしっていていいはずなのに。

つぎの瞬間《しゅんかん》、ポシーは声《こえ》もだせないほどびっくりした。窓《まど》ガラスに、依頼主《いらいぬし》のすがたがうつっていないのだ！　ポシーもポパーもうつっている。だれもすわっていない座席《ざせき》もうつっている。なのに、依頼主《いらいぬし》だけがいない！　彼女《かのじょ》はゾッとして、いやな汗《あせ》がにじみだすのをかんじた。〝あなたは、だれですか？〟などと、のんきに質問《しつもん》している場合《ばあい》ではない。すぐにでもたすけをよんだほうがいい。でも……、だれに？

ポシーは弟《おとうと》の手《て》をギュッとにぎりしめた。弟《おとうと》をまもりきれるかどうか、心配《しんぱい》だった。

「できることがない？　フム。おまえたちは〝さがしもの探偵《たんてい》〟ではなかったのか？」

「正体《しょうたい》のわからない依頼主《いらいぬし》に、いいようにつかわれるなんて、ゾッとするもの」

ポシーは声《こえ》をふりしぼり、ほんとうにゾッとしているかのようにいった。もちろん、ほんとうにゾッとしていた。ふるえあがりそうだった。

「自分《じぶん》のしていることが、正《ただ》しいか、正《ただ》しくないか、だれのためになるかならないか、自分《じぶん》ではかんがえることもできないなんて、そんなの、たえられない！」

スクールバスは、なおも地下道路《ちかどうろ》をはしりつづけている。ひょっとすると、このまま、もう地上《ちじょう》にはでられないかもしれない。おもくるしい沈黙《ちんもく》と、はてしない轟音《ごうおん》がつづく。やがて——

「イヤイヤ、さすがだな！　このわたしが、みこんだだけのことはある」

そういうと依頼主《いらいぬし》は、顔《かお》をおおっていた白《しろ》いベールを、指《ゆび》でつまんでヒラリとほうりなげた。左右《さゆう》の肩《かた》にいた綿毛《わたげ》のかたまりみたいな生《い》き物《もの》たちは、あわてて、ヒラヒラとんでいくベールをフワフワおいかけた。依頼主《いらいぬし》の顔《かお》は、とてもわかわかしく、そして、うつくしかった。

「わたしの名《な》はリンボンボスタンだ。いや、リ、ン、ボ、ン、ボ、ス、タ、ン、か、ら、は、じ、ま、る、というべきだな。うまれた瞬間《しゅんかん》から、一分間《いっぷんかん》につき三万個《さんまんこ》ずつ、名《な》まえがふえているのだ。リンボンボスタン＝ソキエル＝ヌクレイド＝ブラバル＝ロクセンタカス……というようにな。それゆえ、わたしのフルネームをよぶことができた者《もの》は、いまだに一人《ひとり》もいない。これからも、いないであろう。わたし自身《じしん》もふくめてな」

「あなたは、悪魔《あくま》ですか？」

ポシーはおもいきってたずねた。さっき、リンボンボスタンが黒《くろ》い窓《まど》にうつっていなかったからだ。悪魔《あくま》は鏡《かがみ》にうつらない、という話《はなし》を本《ほん》でよんだことがあったし、悪魔《あくま》は自分《じぶん》のほんとうの名《な》まえをよばれると、相手《あいて》のいいなりにさせられてしまう、という話《はなし》もよんだことがあった。ずっとふえつづける名《な》まえなんて、よばれるのをおそれているとしかおもえない！

「オオ！　悪魔《あくま》！」リンボンボスタンは愉快《ゆかい》そうにいった。「たしかに、そうよばれることはよくある。ありすぎるほどだ。そしてわたしは、それを否定《ひてい》するつもりはない」

お姉《ねえ》ちゃんとリンボンボスタンが話《はなし》をするのを、ポパーはそれまでずっと、だまってきいていたが、いきなり〝悪魔《あくま》〟という言葉《ことば》がでてきたものだから、びっくりするより先《さき》に、こたえが〝悪魔《あくま》〟になるなぞなぞを、おもいだしてしまった。もちろん『世界《せかい》なぞなぞ大百科《だいひゃっか》』にのっていたのだ。それは、こんななぞなぞだった――

〝顔《かお》はとても黒《くろ》く、頭《あたま》にまがった角《つの》がはえ、体《からだ》は毛深《けぶか》く、蹄《ひづめ》は二《ふた》つにわれて、尻尾《しっぽ》があるが、雄羊《おひつじ》でもなければ、雄山羊《おすやぎ》でもないもの。なぁんだ？〟

ポパーは、このなぞなぞのこたえが〝悪魔《あくま》〟だとわかるまでに、なんと、二《に》週間《しゅうかん》もかかった。チェスタン書房《しょぼう》で、たまたま手《て》にした本《ほん》の挿絵《さしえ》に、よくある悪魔《あくま》のすがたとして、雄山羊《おすやぎ》の頭《あたま》と毛《け》むくじゃらの下半身《かはんしん》、そして二《ふた》つにわれた蹄《ひづめ》と尻尾《しっぽ》が、えがかれていたのだ。

悪魔《あくま》があらわれると、硫黄《いおう》のにおいがたちこめるそうだが、リンボンボスタンのときは、いいにおいだった。顔《かお》だって、べつに黒《くろ》くないし、まがった角《つの》もはえていない――だが、まっ白《しろ》な服《ふく》の下《した》は、もしかしたら毛《け》むくじゃらかもしれないし、尻尾《しっぽ》だって、はえているかもしれない！

「サテ、わたしの正体《しょうたい》が悪魔《あくま》だとわかったところで、依頼《いらい》はひきうけていただけるのかな？　それとも、悪魔《あくま》だから、ことわるかね？」リンボンボスタンはニヤリとわらった。「もちろん、かまわんよ。悪魔《あくま》はきらわれ者《もの》だからな。もうなれっこだ」

ポシーはフウッと息《いき》をはきだすといった。

「報酬《ほうしゅう》のとりきめを、まだしてません」

「イイゾ！　そうこなくてはな！」リンボンボスタンはうれしそうにいった。「トムイムから話《はなし》はきいているが、心配《しんぱい》せずとも、本一冊《ほんいっさつ》ですませるつもりはないさ」

「というと？」

「首尾《しゅび》よく黒《くろ》のキングをみつけたら、そうだな、一人《ひとり》につきひとつずつ、ねがいをかなえてやろう。しりたいことがあるなら、おしえてやるし、ほしい物《もの》があるなら、あたえてやろう。自分《じぶん》も魔界《まかい》の住人《じゅうにん》になりたいというなら、よろこんで仲間《なかま》にくわえてやろう。どうかな？　ほかでもない、悪魔《あくま》がねがいをかなえてやるといっているのだ。わりにあわない報酬《ほうしゅう》ではないはずだぞ」

たしかに、いつものさがしものよりはたいへんな仕事《しごと》になりそうだし、人間《にんげん》にはむずかしいことでも、悪魔《あくま》なら、たやすくかなえられるのかもしれない。だが、返答《へんとう》をするのはまだだった。まだ、きかなくてはならないことがある。ポシーはぬかりなく質問《しつもん》した。

「期限《きげん》は、ありますか？」

「じつをいうと、わたしはこのあと、勝負事《しょうぶごと》をひとつ、はじめるつもりなのだが……」リンボンボスタンはいった。「それがおわると同時《どうじ》に、いたずら者《もの》を解《かい》放《ほう》してやると約束《やくそく》したのだ」

「あ、さっきの、黒《くろ》のキングをかくしたっていう……」

「そのとおり。だから、それまでに、みつけてもらいたいのだ」

「その勝負事《しょうぶごと》って、どのくらいかかりそうなんですか？」

「なりゆきしだいだ。といっても、一週間《いっしゅうかん》や十日《とおか》でおわったりはしないはずだ。一《いっ》か月《げつ》か、三《さん》か月《げつ》か、半年《はんとし》か。一年《いちねん》ぐらいかかることも、ないとはいえまい。とはいえ〝善《ぜん》はいそげ〟というからな、すぐにでも、さがしはじめることをおすすめするよ」

「悪魔《あくま》なのに、善《ぜん》はいそげなの？」

「善《よ》き悪魔《あくま》もいれば、悪《あ》しき天使《てんし》もいるさ」

そういうとリンボンボスタンは、さもおかしそうにクククッとわらった。

「依頼主《いらいぬし》であるあなたからの協力《きょうりょく》は、期待《きたい》できますか？」

「わたしにできることなら、なんでも協力《きょうりょく》すると約束《やくそく》しよう」

「ひきうけます」

ポシーはきっぱりといった。ひきさがるわけにはいかない――そんな気《き》がしたのだ。まえにすすむしか、この悪魔《あくま》からのがれる方法《ほうほう》はない！

「なるほど。大《たい》した度胸《どきょう》だ！」

そういうとリンボンボスタンは、すばやくポシーの左手《ひだりて》をとり、するどい爪《つめ》の先《さき》を、彼女《かのじょ》の親指《おやゆび》につきたてた。すると、血《ち》の色《いろ》の小《ちい》さな煙《けむり》が、パッとふきだした。その血煙《ちけむり》はごく小《ちい》さな蜜蜂《みつばち》のむれのように、ブンブンうなりながら宙《ちゅう》をただよったが、リンボンボスタンが一《いち》枚《まい》の羊皮紙《ようひし》をだしてひろげたとたん、それめがけて急旋回《きゅうせんかい》したかとおもうと、ひとしずくのこらずぶつかって、花《はな》のような模様《もよう》をのこした。それがかわききらないうちに、すばやく二《ふた》つ折《お》りにして、ふたたびひろげると、そこには、左右対称《さゆうたいしょう》のぶきみな模様《もよう》ができていた。これは、契約書《けいやくしょ》だ——ポシーにはそのことが、すぐにわかった。彼女《かのじょ》は自分《じぶん》の血《ち》で、きえない署名《しょめい》をしたのだ！

リンボンボスタンは、契約書《けいやくしょ》を折《お》り目《め》で半分《はんぶん》にきり、片方《かたほう》をポシーにわたした。

＊

スクールバスはいつのまにか地下道路《ちかどうろ》をでて、地上《ちじょう》をはしっていた。

ブロッコリーそっくりな髪型《かみがた》で、まるい金《きん》ぶちめがねをかけた運転手《うんてんしゅ》のデンナーさんが、いつもとおなじように、無言《むごん》でバスをはしらせている。

やがてバスがとまると、一年生《いちねんせい》のヒューナと三《みっ》つ年上《としうえ》のツーラの姉妹《しまい》がのってきた。「おはよう」といって二人《ふたり》は、ポシーとポパーのとなりにすわった。

「それなぁに？」とヒューナがあどけない顔《かお》できくので、ポシーは「なんでもないの」といって、悪魔《あくま》との契約書《けいやくしょ》を、小《ちい》さくたたんでポシェットにしまった。

そのあとも、バスはいつもとおなじ場所《ばしょ》でとまり、いつもとおなじ順番《じゅんばん》で、クラスの子《こ》たちがのりこんできた。そして、ちゃんと時間《じかん》どおり学校《がっこう》に到着《とうちゃく》した。

最初《さいしょ》にのったポシーとポパーが、最後《さいご》にみんなのあとからバスをおりようとすると、すがたのみえないトムイムの声《こえ》が「どうもありがとう」というのがきこえた。猿《さる》のモンシェが「ウキッキ」という声《こえ》も、かすかにきこえる。どうやら二人《ふたり》とも、うっかり口《くち》をすべらせたことが、リンボンボスタンにしられなくて、ほんとうに、ホッとしているようだった。

4

魔界《まかい》のチェス盤《ばん》

その日《ひ》、学校《がっこう》からもどってくるとポシーとポパーは、いつものように、二階《にかい》からチェスタン書房《しょぼう》へおりようとした――が、階段《かいだん》のところで足《あし》をとめて、たちどまった。

ちょうど、小包《こづつみ》の配達人《はいたつにん》がかえっていき、おもてのドアが、パタンとしまるところだった。チェスタン氏《し》は、迷路《めいろ》の中心《ちゅうしん》のような自分《じぶん》の机《つくえ》のまえにたっていた。なんだか、ひどく深刻《しんこく》な顔《かお》つきで、腕《うで》ぐみをしている。机《つくえ》の上《うえ》には、すこし大《おお》きめの段《だん》ボール箱《ばこ》がのっていて、彼《かれ》はそれをジッとみつめていた。ポシーとポパーは、足音《あしおと》をさせないように、そっと階段《かいだん》をおりると、かたすみにある自分《じぶん》たちのテーブルのところへいき、様子《ようす》をうかがうことにした。

その段《だん》ボール箱《ばこ》は、長《なが》さ一《いち》メートルたらず、幅《はば》五十《ごじゅっ》センチほど、厚《あつ》みは十五《じゅうご》センチぐらいで、チェスタン氏《し》がもちあげて、ためしにゆすってみると、カタカタと音《おと》がするような、しないような……。おもいきって箱《はこ》をあけてみると、中《なか》にはいっていたのは、大《おお》きなチェス盤《ばん》だった。なんと、一辺《いっぺん》が八十《はちじゅっ》センチもある。

これは、チェス盤《ばん》としてはかなり大《おお》きい――というより、大《おお》きすぎた。だが、なにより奇妙《きみょう》だったのは、半分《はんぶん》しかないことだ。

え？　おりたたみ式《しき》じゃないのかって？

いやいや、そうではない。ほんとうに、半分《はんぶん》だけだ。チェスタン氏《し》は、その半分《はんぶん》しかないチェス盤《ばん》を机《つくえ》の上《うえ》においた。右下《みぎした》に白《しろ》マスがくるようにおくのが、チェスのきまりだ。

箱《はこ》の中《なか》には、コマもひとそろい、はいっていたが、よくある白《しろ》と黒《くろ》のコマではなかった――白《しろ》は、動物《どうぶつ》の牙《きば》や骨《ほね》のようなアイボリー色《いろ》で、黒《くろ》は、なまがわきの血《ち》のような、こげ茶色《ちゃいろ》。

「お姉《ねえ》ちゃん！」ポパーが小《ちい》さな声《こえ》でいう。「あのコマ、もしかして……」

「シッ。だまってて」ポシーはくちびるに指《ゆび》をあてていった。

弟《おとうと》にいわれなくても、ポシーだってわかっていた。リンボンボスタンにみせられた黒《くろ》のキングとおなじ色《いろ》だ。けれどもまだ、あの悪魔《あくま》と関係《かんけい》があるときまったわけではない。

コマはどれも、高《たか》さ十《じゅっ》センチほどで、人《ひと》のかたちをしているが、全員《ぜんいん》、ずんぐりむっくりの、おじさんおばさんといったかんじで、びっくりしたように、目《め》をみひらいていた。まるで、どうして自分《じぶん》がチェスのコマなのかわからない、とでもいいたげだ。

クイーンは、右《みぎ》の手《て》のひらをほっぺたにおしあてて「あらま、どうしましょ」という顔《かお》をしているし、肉《にく》づきのいいビショップは、先《さき》がゼンマイのようにクルリとまいた杖《つえ》を手《て》にして、ぼんやりとすわっている。ナイトはムスッとした表《ひょう》情《じょう》で、仔馬《こうま》のような軍馬《ぐんば》にまたがっている。ルークは目玉《めだま》をひんむいて、盾《たて》のふちに歯《は》をたててかじりついている。

「これはたしか、大《おお》むかしのコマだ」チェスタン氏《し》はつぶやいた。「何世紀《なんせいき》もまえに、セイウチの牙《きば》をけずってつくったものだ。本《ほん》でよんだことがある。だが、いったいだれがこんな物《もの》を……」

チェスタン氏《し》はしばらくかんがえこんでいたが、ふと、ひとつだけ色《いろ》のちがうコマがあることに気《き》づいた。黒《くろ》のコマのうち、キングだけがなぜか、みどり色《いろ》なのだ。顔《かお》つきも、なんというか、いたずら者《もの》の悪魔《あくま》、とでもいったかんじで、ちっとも王《おう》さまらしくない。

そのとき、チェスタン書房《しょぼう》のドアがいきおいよくひらいて、トムイムがはいってきた。すっかり自信《じしん》をとりもどしたのか、あごの先《さき》にはまた、とがったヒゲをはやしている。そしてもちろん、肩《かた》には銀色《ぎんいろ》の猿《さる》、モンシェがのっている。

「アア、こいつは手間《てま》がはぶけたぞ！」そういいながらトムイムは、書棚《しょだな》のあいだをスイスイとおりぬけて、チェスタン氏《し》の机《つくえ》まできた。「もうすっかり箱《はこ》からだしてあるじゃないか！」

彼《かれ》は手《て》にしていた巻《ま》き物《もの》のようなものを、クルクルとひろげて、チェス盤《ばん》のまえにたてた（ちょうど、テニスのネットをはるようなかんじだ）。それは鏡《かがみ》だったが、まるで、地下道路《ちかどうろ》をはしるスクールバスの窓《まど》のように黒《くろ》かった。鏡《かがみ》にうつせば、半分《はんぶん》しかないチェス盤《ばん》も、一枚分《いちまいぶん》にひろがる。

え？　半分《はんぶん》だけのチェス盤《ばん》なんて、鏡《かがみ》にうつしても意味《いみ》がないって？

そのとおり！　ふつうなら、そういうことになる。けれども、トムイムだって悪魔《あくま》のはしくれだ。だからぜんぜん、ふつうのことになんか、ならなかった。半《はん》分《ぶん》しかないチェス盤《ばん》は、その鏡《かがみ》にうつされると、白黒《しろくろ》のマス目《め》がきちんと交互《こうご》に市松模様《いちまつもよう》になった。だからそれはもう、一枚《いちまい》の正式《せいしき》なチェス盤《ばん》だった。

「サア！　これで準備《じゅんび》ができた！　ここへくるがいい……じゃなくて、こちらへどうぞ！」

そういってトムイムは、チェスタン氏《し》をチェス盤《ばん》のまえにすわらせた。すると、鏡《かがみ》の中《なか》のチェス盤《ばん》のむこうにも、いつのまにか、だれかすわっている。いやいや、鏡《かがみ》にうつったチェスタン氏《し》のすがたではない。あれは、そう、リンボンボスタ

郵便はがき

おそれいりますが切手をおはりください。

101-0062

〈受取人〉

東京都千代田区神田駿河台2－5

株式会社 理論社

読者カード係 行

お名前（フリガナ）

ご住所 〒 TEL

e-mail

書籍はお近くの書店様にご注文ください。または、理論社営業局にお電話ください

代表・営業局：tel 03-6264-8890 fax 03-6264-8892

理論社

https://www.rironsha.com

ご愛読ありがとうございます

読 者 カ ー ド

●ご意見、ご感想、イラスト等、ご自由にお書きください。

●お読みいただいた本のタイトル

●この本をどこでお知りになりましたか？

●この本をどこの書店でお買い求めになりましたか？

●この本をお買い求めになった理由を教えて下さい

年齢　　　　歳　　　●性別　男・女

ご職業　1. 学生（大・高・中・小・その他）　2. 会社員　3. 公務員　4. 教員　5. 会社経営　6. 自営業　7. 主婦　8. その他（　　　　　）

ご感想を広告等、書籍のＰＲに使わせていただいてもよろしいでしょうか？

（実名で可・匿名で可・不可）

ご協力ありがとうございました。今後の参考にさせていただきます。

入いただいた個人情報は、お問い合わせへのご返事、新刊のご案内送付等以外の目的には使用いたしません。

ンだ！　まっ白《しろ》な服《ふく》をきて、わかわかしく、うつくしい顔《かお》をした悪魔《あくま》だ。それをみてポシーは、本棚《ほんだな》のかげで、ハアッとため息《いき》をついた。やっぱり、魔界《まかい》が関係《かんけい》していたのだ。

「いかがかな？　ちょっとばかり、すてきなチェス盤《ばん》だとおもわんかね？」

リンボンボスタンがそういうとチェスタン氏《し》は、

「たしかにまあ、こんなのは、はじめてみましたよ」

と、あまりおどろいた様子《ようす》もなくいうのだった。なかなかどうして、度胸《どきょう》がある。

「そうであろう。ただ、残念《ざんねん》なことに、黒《くろ》のキングが行方不明《ゆくえふめい》ではあるがな」

「ああ、そういえば、ひとつだけ、みどり色《いろ》の……」

「腕《うで》のたつ二人組《ふたりぐみ》に依頼《いらい》しておいたから、ほどなく、みつかるであろう。みどりのキングは、いうなれば身代《みが》わりだ」

そういうとリンボンボスタンは、ククッと小《ちい》さくわらった。〝腕《うで》のたつ二人組《ふたりぐみ》〟というのはもちろん、ポシーとポパーのことだが、チェスタン氏《し》はそんなこと、しるはずがない。

「そんなことよりも」リンボンボスタンはだしぬけにいった。「わたしと勝負《しょうぶ》していただきたい」

「勝負《しょうぶ》？」チェスタン氏《し》はききかえした。「勝負《しょうぶ》とはいったい……」

「なんてことはない、チェスの試合《しあい》をするだけだ。むろん、一発勝負《いっぱつしょうぶ》だなどとムチャなことはいわない。たった一度《いちど》のゲームでは、うまく実力《じつりょく》がだせるとはかぎらない。先攻後攻《せんこうこうこう》のちがいもある。そこでだ、おたがい、しっかりと納得《なっとく》できるように、どうかな、百番勝負《ひゃくばんしょうぶ》ということで」

「百番勝負《ひゃくばんしょうぶ》⁉」

これにはさすがのチェスタン氏《し》もおどろいた。たしかに、百回《ひゃっかい》も勝負《しょうぶ》をすれば、偶然《ぐうぜん》の勝《か》ち負《ま》けに関係《かんけい》なく、つよい者《もの》が勝《か》ち、よわい者《もの》が負《ま》ける。とはいえ、つづけざまに百回《ひゃっかい》もチェスの勝負《しょうぶ》をするなんて、ハッキリいってムチャクチャだ。

「お姉《ねえ》ちゃん！　勝負事《しょうぶごと》って、これだったんだね！」ポパーは興奮《こうふん》した声《こえ》でささやいた。「百回《ひゃっかい》もやるなら、さがしものは、たっぷり時間《じかん》があるよ！」

「そうだけど、でも……」ポシーはうかない顔《かお》でいった。「悪魔《あくま》と勝負《しょうぶ》するなんて」

それをきいて、ポパーもちょっと心配《しんぱい》になった――もし負《ま》けたら、どうなるんだろう？

「しかし、そんなことをいわれても……」チェスタン氏《し》はこまったようにいった。「じつをいうとわたしは、チェスの試合《しあい》というものを、したことがないのだ」

彼《かれ》は、チェスの本《ほん》をよんだり、問題集《もんだいしゅう》をといたり、つよい選手《せんしゅ》たちの試合記《しあいき》録《ろく》をみたりするのは、すきだったが、だれかとたたかうなんて、これまでしたことがなかった。チェスタン氏《し》にとってチェスは、一人《ひとり》でするゲームだった。

「それならわたしも、正直《しょうじき》にうちあけるが……」リンボンボスタンはいった。「じつはチェスをおぼえたばかりなのだ。それでまあ、手《て》ごろな対戦相手《たいせんあいて》をさがしている、というわけだ」

「なるほど」チェスタン氏《し》はいちおう、うなずいた。「だが、どうしてわたしなのだ？　貴殿《きでん》とは、しりあいではないはずだが」

チェスタン氏《し》にそういわれて、リンボンボスタンはちょっとかんがえた――まるで、チェスでつぎの一手《いって》をかんがえるみたいに、だ。

悪魔《あくま》たちは、人間《にんげん》のたましいをあつめている。善人《ぜんにん》や正直者《しょうじきもの》、すぐれた才能《さいのう》をもつ人間《にんげん》のたましいは、魔界《まかい》では、またとない財産《ざいさん》になる。エルトミート・チェスタンのたましいも、悪魔《あくま》たちのあいだでは、ちょっとしたお宝《たから》として有名《ゆうめい》だ。けれどもそのことを、バカ正直《しょうじき》にはなしても、チェスタン氏《し》を警戒《けいかい》させるだけ。かといってウソをついてだますのは、卑怯者《ひきょうもの》のすること——そこでリンボンボスタンは、こんなふうにいった。

「しらぬは本人《ほんにん》ばかりとは、まさにこのことだ。貴公《きこう》はな、有名《ゆうめい》なのだ。公明正大《こうめいせいだい》にして、高潔《こうけつ》なたましいの持《も》ち主《ぬし》としてな。だからこそ、挑戦《ちょうせん》するにふさわしい相手《あいて》だとおもったのだ」

「おだてられて、わたしがホイホイその気《き》になるとでも？」

「マサカ！　おだてるなど、とんでもない」リンボンボスタンはいった。「貴公《きこう》の高潔《こうけつ》なたましいに魅力《みりょく》をかんじたのが、わたしの挑戦《ちょうせん》の理由《りゆう》だ。それを正直《しょうじき》にうちあけたまでのこと。そのうえで、わたしの挑戦《ちょうせん》をうけてもいいというのであれば、明朝《みょうちょう》、白《しろ》のコマをうごかしていただきたい。それが百番勝負《ひゃくばんしょうぶ》のはじまりだ。いうまでもなく、初戦《しょせん》の先手《せんて》は貴公《きこう》のものだ」

そのとき、トムイムが、コマをひとつのこらず、チェス盤《ばん》の上《うえ》にガラガラッとぶちまけた。骨《ほね》と骨《ほね》がぶつかるような、かわいた音《おと》がする。そして、コマたちはなんと！　よっこらせ、と自分《じぶん》でたちあがると、それぞれの定位置《ていいち》まであるいていった。白《しろ》のコマはこちら側《がわ》へ、黒《くろ》のコマ（とみどり色《いろ》のキング）はむこう側《がわ》へ。チェスでは、白《しろ》が先攻《せんこう》だ。

それにしても、まさか自分《じぶん》でうごくコマだったとは！　こんなの、みたこともない。

ズラリとならんだコマの軍勢《ぐんぜい》をみて、チェ

スタン氏《し》はつい、第一手《だいいって》はどんなふうにうってでようか、とかんがえてしまった。自分《じぶん》でも気《き》づかないうちに、左手《ひだりて》であごの先《さき》をつまんでいる。これは、かんがえごとに熱中《ねっちゅう》しているときの彼《かれ》のくせだった。ところが、そのとき――

「ダメだよ！　そんなのしちゃ！」とうとうガマンしきれなくなって、ポパーがさけんだ。「その人《ひと》は悪魔《あくま》なんだから！　もし負《ま》けたら、たましいをとられちゃうよ！」

いまにもとびだしていって、チェス盤《ばん》をメチャメチャにひっかきまわしそうな弟《おとうと》を、ポシーはどうにかおしとどめた。

ポシーとポパーがいることに気《き》づいたチェスタン氏《し》は、ハッとしたようにたちあがった。

「わたしとしたことが、軽率《けいそつ》だった！　あやうく、貴殿《きでん》がどこのだれなのかしらないまま、挑戦《ちょうせん》をうけるところだった」そういって彼《かれ》はポパーをみた。「わが子《こ》に、目《め》をさまさせられたよ」

「それなら、わたしがどこのだれかわかれば、貴公《きこう》は挑戦《ちょうせん》をうけるのかな？」

「たとえ貴殿《きでん》が魔界《まかい》の住人《じゅうにん》であろうと、それだけで毛嫌《けぎら》いすることはない。ただし……」

「ただし、なにかな？」

「いや、それよりもポパー、どうしてわかるのだ？　この人《ひと》が悪魔《あくま》だと」

「え？　だってそれは……」ポパーはこまってポシーをみた。「お姉《ねえ》ちゃん、どうしよう？」

ポシーはかんがえた——うそやごまかしをいうつもりはなかったが、リンボンボスタンはすでに、ポシーとポパーにとっては依頼主《いらいぬし》だった。となれば、彼《かれ》が悪《あく》魔《ま》だからといって、そのことを勝手《かって》にばらしていいはずがない。依頼内容《いらいないよう》も、はなすわけにはいかない。

「親《おや》おもいなのはいいが、いささか軽《かる》はずみだな」リンボンボスタンがいった。「しかたがない、たすけ船《ぶね》をだしてやるとしよう。その子《こ》のいうとおり、わたしは魔《ま》界《かい》の住人《じゅうにん》だ。そして、その子《こ》たちの依頼主《いらいぬし》でもある」

「なんだって⁉　依頼主《いらいぬし》だって？」チェスタン氏《し》は絶句《ぜっく》した。

「そのとおり。行方不明《ゆくえふめい》になった黒《くろ》のキングをさがす契約《けいやく》をむすんだのだ。わが名《な》のはじまりはリンボンボスタン、魔界《まかい》の第七十三番《だいななじゅうさんばん》めの王子《おうじ》である。貴公《きこう》が明朝《みょうちょう》、白《しろ》の第一手《だいいって》をくりだすことを、こころからねがっている」
「しかし、わたしは勝負《しょうぶ》をするつもりなど……」
「オヤオヤ、さきほど貴公《きこう》はいったではないか、〝軽率《けいそつ》だった！〟と。すぐには
じめるのが軽率《けいそつ》なら、すぐにやめるのもまた、軽率《けいそつ》ではないのかな？　わたしと
しては、貴殿《きでん》がまたしてもいい軽率《けいそつ》な即答《そくとう》をすることがないよう、ご忠告《ちゅうこく》もうしあ
げたいところだ」リンボンボスタンはニヤリとわらった。「明朝《みょうちょう》まで、時間《じかん》はたっ
ぷりとある。わたしも、ここはひとまず退散《たいさん》するとしよう。トムイム、ごくろう
であった。もどってくるがよい」
すばやく机《つくえ》の上《うえ》にとびのるとトムイムは、ちょっと窮屈《きゅうくつ》そうに体《からだ》をかがめて、チェス盤《ばん》のまえの鏡《かがみ》をくぐりぬけた。猿《さる》のモンシェは、ふりおとされないように、しっかりとしがみついていた。
鏡《かがみ》をくぐる直前《ちょくぜん》、トムイムはポシーとポパーにむかって、ねじりあわせた二《に》

本指《ほんゆび》でかるく敬礼《けいれい》して、片目《かため》をつぶってみせた。ちょっと気《き》どりすぎてる――ポシーもポパーもそうおもった。

トムイムが鏡《かがみ》をくぐりぬけたのをみてチェスタン氏《し》は、やっかいなチェス盤《ばん》を、むこう側《がわ》へおしやってしまおうとしたが、まるで、机《つくえ》にはりついたみたいに、ビクともしなかった。リンボンボスタンのすがたはすでになく、鏡《かがみ》のむこうにはただ、チェス盤《ばん》と、ぼんやりとした闇《やみ》がひろがっているだけ。

フウッとため息《いき》をつくとチェスタン氏《し》は、ポシーとポパーにいった。

「それにしてもおまえたち、いったいどうして、魔界《まかい》の住人《じゅうにん》と契約《けいやく》などしたのだ?」

「だって……」ポシェットをいじりながらポシーはいった。「おもしろそうだったから」

「おもしろそうだったから――たったそれだけのことで？」チェスタン氏《し》はこまった顔《かお》でいった。「魔界《まかい》の住人《じゅうにん》がおそろしいのは、形姿《なりかたち》が人間《にんげん》ばなれしているからでもなければ、人《ひと》にはない魔力《まりょく》をもっているからでもない。彼《かれ》らはほんのすこしずつ、ものごとをゆがめていくのだ。気《き》がついたときにはもう、どうすることもできなくなっている。魔界《まかい》の住人《じゅうにん》とかかわりをもった者《もの》が最後《さいご》に口《くち》にする言《こと》葉《ば》は、たいていおなじだ。〝こんなはずじゃなかった！〟みんなそういうのだ」

「じゃあ、どうすればいいの？」

弟《おとうと》のポパーが心配《しんぱい》そうにきいた。するとチェスタン氏《し》は、うってかわったように、ニッコリわらっていった。

「おまえたちは、すばらしい〝さがしもの探偵《たんてい》〟だ。これまで、さがしてほしいとたのまれた物《もの》は、すべてみつけてきた。どんな物《もの》でもだ。だったら……」

「さがしものをすればいいの？」ポシーがいった。「これまでみたいに？」

「そういうことだ。魔界《まかい》の住人《じゅうにん》というのは、油断《ゆだん》がならないものだし、言葉《ことば》ひとつを釣《つ》り針《ばり》のようにつかって、人《ひと》をひっかけたりもするが、どういうわけか、契約《けいやく》のことはだいじにする。だから、おまえたちが黒《くろ》のキングをみつけさえすれば、なにも問題《もんだい》はない」

「だけどもし、みつけられなかったら……」

「ポパー、心配《しんぱい》しなくていい。みつけられなかったときのことは、かんがえなくていいんだ。さがすことをかんがえなさい。だいじょうぶ。おまえの姉《ねえ》さんは、さがしものの天才《てんさい》だ。ふつうの人《ひと》にはみえないものだって、みつけられる。だからきっと、うまくいくさ」

「百番勝負《ひゃくばんしょうぶ》なんて、しないでしょ?」ふとおもいだしたようにポシーがいった。「それこそ、悪魔《あくま》のおもうつぼだもの。まだはじめてないんだから、やめられる。でしょ?」

「たしかに……。これは、まだはじめていないことだ」

そういいながらチェスタン氏《し》は、魔界《まかい》のチェス盤《ばん》をちらりとみた。

え？　チェスタン氏《し》のような紳士《しんし》なら、悪魔《あくま》となんか勝負《しょうぶ》するはずがないって？

ところが！　彼《かれ》はもうすっかり、たたかうつもりだった。だって、悪魔《あくま》からにげはじめたら、永遠《えいえん》に、にげつづけなくてはならない。そうならないために、たたかうことを、しなくてはならないときもある。チェスの対戦経験《たいせんけいけん》はゼロでも、彼《かれ》のこれまでの人生《じんせい》で〝たたかい〟は何度《なんど》もあった。エルトミート・チェスタンにとってたたかいは、勝《か》ち負《ま》けをきめるためにするのではなかった。たとえていうならそれは、一歩一歩《いっぽいっぽ》のぼらねばならない、けわしい山道《やまみち》のようなものだった。

それに――とチェスタン氏《し》は親《おや》らしいきもちでおもった。勝負《しょうぶ》に勝《か》てば、きっと、子《こ》どもたちのためになる。

そのとき、鏡《かがみ》にうつったチェス盤《ばん》のいちばん奥《おく》で、みどりのキングがニヤリとわらったが、チェスタン氏《し》も、ポシーもポパーも、それには気《き》づかなかった。

5
百番勝負《ひゃくばんしょうぶ》のはじまり

三《みっ》つめの大《おお》きな交差点《こうさてん》をまがるとスクールバスは、ゆるやかな坂《さか》をくだって、いつものように地下道路《ちかどうろ》にはいった。黒《くろ》い鏡《かがみ》のような窓《まど》に、ポシーとポパーのすがたがうつる。ポシーは、窓《まど》の中《なか》にいる自分《じぶん》をみた——もう一人《ひとり》の自分《じぶん》も、ポシーをみている。いつもとおなじように、三《み》つあみをしている。

「わたしはいま、とてもワクワクしてるけど……」ポシーは声《こえ》をださずに、もう一人《ひとり》の自分《じぶん》にはなしかけた。「あなたはどう？　ワクワクしてる？」

悪魔《あくま》と契約《けいやく》をむすんだのは、つい昨日《きのう》の朝《あさ》のことだった。たった一日《いちにち》で、なにもかもが、こんなにかわってしまうなんて、おもいもしなかった。

「ねえ、あの人《ひと》はどこにいるんだとおもう？」

ポシーは弟《おとうと》のポパーにたずねた。ポパーはさっきからずっと、青《あお》い革表紙《かわびょうし》のノートを膝《ひざ》の上《うえ》にのせたまま、ぼんやりとしている。

「え？　あの人《ひと》って？」

「うぅん、なんでもない。どうせ、なぞなぞのこと、かんがえてるんでしょ？」

「うん。だって……」ポパーはニコニコしながらいった。「ぜんぜんわかんないんだもん！」

「そのわりには、うれしそうにみえるけど？」

「それはそうだよ。だって、いっぱいかんがえるほうが、たのしいもん」

「それなら、すきなだけ、かんがえたらいいわね」

――

その日《ひ》、ポパーが朝《あさ》からかんがえつづけていたのは、こんな、なぞなぞだった

〝頭《あたま》が二《ふた》つ、腕《うで》は二本《にほん》、耳《みみ》が四《よっ》つに、足《あし》が六本《ろっぽん》ある生《い》き物《もの》、なぁんだ？〟

いうまでもないが、〝なぞなぞ〟と〝さがしもの〟は、あまりにていない。ポシーはさがしものの天才《てんさい》だが、このなぞなぞは、まったくお手上《てあ》げだった。どうしても、怪物《かいぶつ》のようなすがたが、おもいうかんでしまう。こたえをみれば、怪物《かいぶつ》でもなんでもなくて、「ああ、なるほどね！」とおもえるが、さがす物《もの》がなにかわからないと、彼女《かのじょ》にはどうしようもない。

「あそっか。お姉《ねえ》ちゃんのいった〝あの人《ひと》〟って、リンボンボスタンさんのことか」

「なにそれ、悪魔《あくま》にさんづけなんかして」

「だって、ぼくたちの依頼主《いらいぬし》なんでしょ？」

「それはそうだけど……」

「魔界《まかい》にいるんじゃないの？」ポパーはなんでもなさそうにいった。「魔界《まかい》の第《だい》七十三番《ななじゅうさんばん》めの王子《おうじ》だっていってたし。だけど魔界《まかい》って、すごくたくさん王子《おうじ》がいるんだね！」

「魔界《まかい》にいいる？　あそっか。魔界《まかい》ね。なるほど……」ポシーはなにかおもいついたように、小声《こごえ》でつぶやいた。「だけど、どうやってさがせば……うぅん、だからそれは……ちゃんとみえれば……」

「もしかして……」ポパーはおそるおそるきいた。「やめておけばよかったとおもってる？」

「まさか！」ポシーはわらいながらいった。「わたしは、ひきうけてよかったとおもってる。正直《しょうじき》にいうとね、このところずーっと、さがしものがつまらなかったの。でも、リンボンボ……スタンさんの依頼《いらい》は、とてもおもしろそうだった！　だからひきうけたんだもん」

「けど、どうやってみつければいいか、わからないんでしょ？」

「そう。だから、すごくこまってる。でもね、それがいいの！」

「お姉《ねえ》ちゃん、なんかすごい、やる気《き》いっぱいだね！」

いつも、おちつきがありそうにみえるポシーは、そのせいでときどき、〝つめたい子〟といわれてしまうことがある。ポパーもいつのまにか、そんな姉に、なれっこになっていた。でも今回《こんかい》は、なんだか、いつもとちがっている。いつもとちがうのが、いいことなのか、それとも、よくないことなのか、ポパーにはわからなかった。

「あのさ……」ポパーはふと心配《しんぱい》になった。「もしみつけられなかったら、どうなるの？」

「そのときは、しょうがないから、たましいをさしだすことになるかも」

「え！　そうなの⁉」

「だけどいまは、この話《はなし》はおしまい。もうすぐヒューナとツーラがのってくるから」

スクールバスが地下道路《ちかどうろ》をでると、朝《あさ》のあかるい日《ひ》ざしがさしこんできた。黒《くろ》い鏡《かがみ》のようだった窓《まど》は透明《とうめい》になり、そこにうつっていた、もう一人《ひとり》のポシーとポパーは、すがたがみえなくなった。

＊

その日《ひ》の午後《ごご》、学校《がっこう》からかえってきたポシーとポパーは、二階《にかい》にカバンをおくとすぐに、チェスタン書房《しょぼう》へおりていった。もちろん、チェス盤《ばん》をみるためだ。

チェスタン氏《し》が勝負《しょうぶ》をことわっていれば、白《しろ》のコマも黒《くろ》のコマも、最初《さいしょ》の位《い》置《ち》からうごいていないはずだ。それどころか、チェス盤《ばん》そのものが、もうなくなっているかもしれない。

だが、チェス盤《ばん》はまだ、チェスタン氏《し》の机《つくえ》の上《うえ》にあった。そうしてなんと！盤上《ばんじょう》では、たたかいがくりひろげられているではないか。しかも、チェスタン氏《し》のコマは黒《くろ》だ。

え？チェスタン氏《し》は白《しろ》じゃないのかって？

そのとおり。第一《だいいち》ゲームは、チェスタン氏《し》が白《しろ》だった。でも、白《しろ》と黒《くろ》、つまり先攻《せんこう》と後攻《こうこう》は、一《いち》ゲームごとに交代《こうたい》するのがきまりだ。

「これ、何回《なんかい》めなの⁉」

ポシーがきくとチェスタン氏《し》は、

「うむ、じつは四《よん》ゲームめだ。ほら、そこに印《しるし》があるだろう？」

みると、チェス盤《ばん》のふちに◯《まる》が三《みっ》つある。

「勝《か》てば〝◯《まる》〟印《じるし》、負《ま》ければ〝×《ばつ》〟印《じるし》、ひきわけなら〝△《さんかく》〟の印《しるし》がでるそうだ」

「それじゃあ……」

「いまのところ、三連勝《さんれんしょう》というわけだ」

「やったぁ！」

「いやいや、油断《ゆだん》はできないぞ。まだ四《よん》ゲームめだ。このさき、どうなるかわからない」

そうはいいながらも、チェスタン氏《し》はすこぶる満足《まんぞく》げだった。

「だけど、どうしてはじめちゃったの？　はじめなければいいだけじゃなかったの？」

ポシーにそういわれて、チェスタン氏《し》はにがわらいした。

「彼《かれ》と、たたかいたくなってしまったのだよ」

「なぜ？　魔界《まかい》の住人《じゅうにん》とは、かかわらないほうがいいんでしょ？」

「彼《かれ》とわたしは、おたがいに、まったく異質《いしつ》な存在《そんざい》だ」チェスタン氏《し》はいった。「かんがえかたが、まるっきりちがう。となれば、いつかきっと、たたかうことになっていただろう。チェスなら、平和《へいわ》で、紳士的《しんしてき》なたたかいができる。だから、たたかうことにしようときめたんだ」

するとそのとき、ポパーが大《おお》きな声《こえ》でいった。

「ねえ！　これみて！　コマがひかってる！」

たしかに、ポパーのいうとおり、白《しろ》のコマがひとつ、ぼんやりひかっている。ビショップだ。

「ああ、それは、相手《あいて》が一手《いって》さしたということだ。コマをうごかすと、ひかるんだ」チェスタン氏《し》がいった。「相手《あいて》のすがたはみえないがね」

夜《よる》の窓《まど》のような鏡《かがみ》は、チェス盤《ばん》のほかはすべて闇《やみ》につつまれていて、リンボンボスタンのすがたはみえない。チェス盤《ばん》のむこうがどんな場所《ばしょ》なのかということも、みることができない。

おっと、コマがうごきはじめた。

ぼんやりとひかったまま、よっこらせ、とたちあがると白《しろ》のビショップは、ななめに移動《いどう》した。そこには、黒《くろ》のナイトがいる。先《さき》がゼンマイのようにクルリとまいた杖《つえ》をふりあげるとビショップは、ナイトの横面《よこづら》をなぐりつけた。きのどくに、ナイトはまたがっていた仔馬《こうま》ごと、よこだおしになった。ビショップは、それまでナイトがいた場所《ばしょ》に、どっかりと腰《こし》をおろし、なぐりたおされたナイトは、仔馬《こうま》の手綱《たづな》をひいて、すごすごとチェス盤《ばん》からおりた。

チェスでは、敵《てき》にたおされたコマは、そのゲームのあいだはもう、つかわれることがない。死《し》んだとたん敵《てき》になって、もとの味方《みかた》を攻撃《こうげき》したりはしないのだ。

あわれなナイトのすがたをみて、ポパーは「あ！」とおもった。これが、今朝《けさ》のなぞなぞのこたえだった。〝頭《あたま》が二《ふた》つ、腕《うで》は二本《にほん》、耳《みみ》が四《よっ》つに、足《あし》が六本《ろっぽん》ある生《い》き物《もの》〟は、馬《うま》にまたがった人間《にんげん》だ！

「うーむ、そうきたか！」うなり声《ごえ》をもらすとチェスタン氏《し》は、チェスの本《ほん》をひらいてページをめくりはじめた。「たしかどこかに、おなじような局面《きょくめん》がのっていたはずだが……」

この百番勝負《ひゃくばんしょうぶ》では、本《ほん》をしらべてもいいことになっていた。ただし、チェスのうまい人《ひと》におしえてもらったり、機械《きかい》に計算《けいさん》させたりするのはダメだった。

結局《けっきょく》その日《ひ》は、仕事《しごと》そっちのけで、チェスタン氏《し》はチェスばかりしていた。

夕方《ゆうがた》になると、ポシーとポパーは二階《にかい》へあがったが、そのときも彼《かれ》は、チェス盤《ばん》をにらんでいた。さらに！　夕食《ゆうしょく》の準備《じゅんび》ができても食卓《しょくたく》にあらわれないものだから、チェスタン夫人《ふじん》にいわれて、二人《ふたり》がよびにいったときも、チェス盤《ばん》のまえにジッとすわっていた。

こんなふうに、ひとつのことだけに熱中《ねっちゅう》してしまうチェスタン氏《し》をみるのは、ポシーもポパーもはじめてだった。そして、あまりいい予感《よかん》はしなかった。

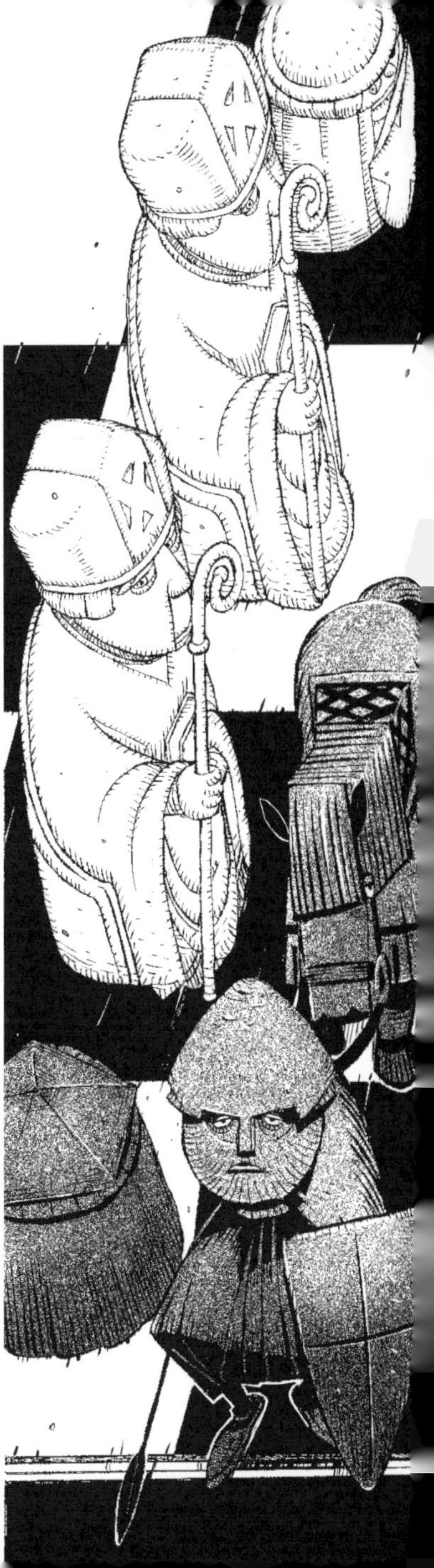

6 魔界《まかい》へのりこむ

夕食《ゆうしょく》をすませたあとの時間《じかん》を、チェスタン氏《し》が一階《いっかい》ですごすのは、なにも、いまにはじまったことではない。むかしから、ずっとそうだった。一日《いちにち》の営業《えいぎょう》をおえたチェスタン書房《しょぼう》は、お店《みせ》ではなくなり、チェスタン氏《し》の書斎《しょさい》になるのだ。お客《きゃく》さんのこない店内《てんない》で彼《かれ》は、自由《じゆう》に、すきな本《ほん》をよんだり、かんがえごとをしたりする。

チェスタン氏《し》はいま、イスにすわって、机《つくえ》の上《うえ》のチェス盤《ばん》をジッとみている。自分《じぶん》では気《き》づかずに、何度《なんど》もくりかえし、左手《ひだりて》であごの先《さき》をつまんでいる。チェスにばかり夢中《むちゅう》で、書棚《しょだな》にならんだすてきな本《ほん》たちは、ただの売《う》り物《もの》みたいにそっちのけ。まったく目《め》にはいっていない。

ポシーとポパーは、足音《あしおと》をさせないように、そっと階段《かいだん》をおりた。チェスに夢《む》中《ちゅう》のチェスタン氏《し》は、二人《ふたり》が最後《さいご》の段《だん》をおりるときになってようやく、ハッとしたように顔《かお》をあげた。

「ごめんなさい。うるさかった？」ポシーがそういってあやまると、

「いいや、ちっとも」とチェスタン氏《し》は、にがわらいしながらいった。

「どうやら今夜《こんや》は、魔界《まかい》の王子《おうじ》さまはいそがしいらしい。うごきがまったくない。それとも、どうすればいいか、かんがえあぐねているのかな？」そういいながら彼《かれ》は、フワリとあくびをした。「いかんいかん。寝不足《ねぶそく》こそ、最大《さいだい》の敵《てき》かもしれんな。今夜《こんや》はもう、やすむとしよう」

チェスタン氏《し》はイスからたちあがると、二階《にかい》へもどろうとした。すると、

「もうすこし、いてもいい？」とポシーがいった。「またコマがうごくかもしれないから」

「ふむ、それなら、あと十五分《じゅうごふん》だけだ」チェスタン氏《し》は時計《とけい》をみていった。「十《じゅう》五分《ごふん》したら、あかりをけして、二階《にかい》へあがってくること。いいね？」

はい、といってポシーはうなずいた。弟《おとうと》のポパーも、いっしょにうなずく。

「お姉《ねえ》ちゃん、コマ、うごくとおもうの？」

チェスタン氏《し》が二階《にかい》へいってしまうと、ポパーはポシーにきいた。

「そんなのわからない」ポシーはそっけなくいった。「わたし、魔界《まかい》へいってくるから」

「え？　なんで？」ポパーはおどろいていった。「やめたほうがよくない？」

「それこそなんで？　わたしたちがしなくちゃいけないのは、黒《くろ》のキングをさがすことでしょ？」

みると、ポシーのまぶたには色《いろ》がうかびあがっている——バラ色《いろ》とみどり色《いろ》が、まざりあいそうな色《いろ》だ。彼女《かのじょ》はもう、さがしものをはじめていたのだ。その目《め》は、チェス盤《ばん》の上《うえ》にそそがれている。ほかの人《ひと》にはみることのできない〝足《あし》あと〟をみつけたのかもしれない。

「でも、どうやっていくの？」

「こうするの」

そういってポシーは、靴《くつ》のまま、机《つくえ》にあがった（こんなこと、お行儀《ぎょうぎ》にうるさいチェスタン氏《し》がいたら、できっこない！）。そして、鏡《かがみ》にむかって手《て》をのばしたが、残念《ざんねん》！　とおりぬけることはできなかった。

「このまえ、トムイムがどうしてたか、よくおもいだしてみて」

机《つくえ》の上《うえ》にのったままポシーがそういうとポパーは、

「なんか、気《き》どったかんじで敬礼《けいれい》してた。あと、片目《かため》もつぶってた」

「……そういうの、関係《かんけい》あるの？」

「だって、よくおもいだしてって、お姉《ねえ》ちゃんがいったんだよ」

ポシーはちょっと……いや、かなり、はずかしかったが、トムイムがやったみたいに、片目《かため》をつぶって敬礼《けいれい》した。だが、そんなことをしても、鏡《かがみ》をとおりぬけることはできなかった。

「あ、そういえば、指《ゆび》をねじってたよ！」

そうだった！　ポシーもおもいだした。そこで、ひとさし指《ゆび》となか指《ゆび》をねじると、おそるおそる、黒《くろ》い窓《まど》のような鏡《かがみ》へのばした。するとその手《て》が、スッとのみこまれていくではないか！　必要《ひつよう》なのは、指《ゆび》をねじることだったのだ。片目《かため》をつぶったり、敬礼《けいれい》したりは、べつにしなくてもいい。

「じゃあ、わたし、いってくるから」

「ぼくもいく！」

「ダメよ、ここにいて。こないで！」

ポシーがそういってもポパーは、机《つくえ》の上《うえ》にのぼってきて、おりようとしない。

「こわくないの？　もどってこられなくなるかもしれないのに……」

「こわいよ！　でもいく！」

「わかった。じゃあ、いきましょ」

ポシーとポパーは二人《ふたり》でいっしょに、黒《くろ》い窓《まど》のような鏡《かがみ》をくぐりぬけた。

＊

「オヤオヤ！　これはこれは！　親愛《しんあい》なる探偵《たんてい》たちよ！」

そういって二人《ふたり》をむかえたのは、リンボンボスタンだった。

「さすが、天才《てんさい》とよばれるだけのことはあるな！　みもしらぬ魔界《まかい》へのりこんでくるとは！　冒険心《ぼうけんしん》あふれる、みごとな行動力《こうどうりょく》だ！　どうだ、トムイム、おまえもそうおもうだろう？」

トムイムは、ポカンとしていた。まさか、ポシーとポパーの二人《ふたり》が、魔界《まかい》へのりこんでくるとは、おもっていなかったのだ。銀色《ぎんいろ》の猿《さる》のモンシェは、お客《きゃく》さんがきたのがうれしいのか、ウキッキと声《こえ》をあげて、トムイムの肩《かた》の上《うえ》でとびはねた。

鏡《かがみ》をくぐりぬけてきたポシーとポパーは、白《しろ》くて大《おお》きなテーブルの上《うえ》にいた。チェス盤《ばん》も、そこにある。テーブルの上《うえ》で、キョトキョトあたりをみまわしていると、リンボンボスタンが手《て》をとって、床《ゆか》におろしてくれた。悪魔《あくま》なのにまるで、紳士《しんし》のようなふるまいだ。

ポシーとポパーがおどろいたことに、魔界《まかい》は、なにもかもがあかるく、まっ白《しろ》だった。あまりにも白《しろ》いものだから、物《もの》なんて、なにひとつないようにみえる。まるで、白《しろ》い影絵《かげえ》のよう。ガランとしていて、まっ白《しろ》で、ただひろいだけの空間《くうかん》。天井《てんじょう》はなく、みあげるかぎり、どこまでも白《しろ》い。

「魔界《まかい》って、こんなに白《しろ》いんですね……」

ポシーがそういうとリンボンボスタンは、

「すっかり闇《やみ》につつまれている、とでもおもっていたのだろうが、魔界《まかい》の住人《じゅうにん》はむかしから、白《しろ》がすきなのだ。だからみんな、まっ白《しろ》なほうが安心《あんしん》できる」

たしかにそこには、リンボンボスタンとトムイム（とモンシェ）だけでなく、たくさんの生《い》き物《もの》がいた。大《おお》きいのもいれば、小《ちい》さいのもいる。こわそうなのもいれば、かわいらしいのもいる。それがみんな、ものめずらしげに、ポシーとポパーのことをみていた。

なかでも、赤《あか》むらさき色《いろ》をした一頭《いっとう》のドラゴンは、すぐそばまでやってきて、二人《ふたり》のことをしげしげとみるのだった。ドラゴンの体《からだ》はとても大《おお》きかったが、ポシーもポパーも、こわいとはおもわなかった。なんというか、ちょっと年上《としうえ》の友《とも》だち、というかんじがした。弟《おとうと》のポパーなんて、ドラゴンのことが大《だい》すきになってしまった、といってもいいほどだった。

「念《ねん》のためいっておくと、ここは、魔界《まかい》にはちがいないが、わたしの館《やかた》の中《なか》だ」

「あ、じゃあ、外《そと》は？　みられるんですか？」

「みたいとおもえばな」

ポシーは魔界《まかい》の風景《ふうけい》をみたいとおもった。すると、すこし先《さき》のほうに、窓《まど》があった。リンボンボスタンがつきそって、窓《まど》のところまでつれていってくれた。ちかづいてみるとそれは、足《あし》もとまである大《おお》きな窓《まど》で、いくぶん古風《こふう》な、白《しろ》くてほそい鉄枠《てつわく》がついている。四角形《しかくけい》ではなく、上《うえ》がまるいアーチ型《がた》だ。窓《まど》の外《そと》には、青《あお》ざめた空《そら》がひろがり、太陽《たいよう》がかがやいている。

「あの太陽《たいよう》は……」

「われわれの太陽《たいよう》であると同時《どうじ》に、おまえたちの太陽《たいよう》でもある」

それをきいてポシーは、太陽《たいよう》のむこう側《がわ》にきもちをむけた——目《め》をとじて、顔《かお》をまっすぐ太陽《たいよう》にむける。彼女《かのじょ》のまぶたは、魔界《まかい》の空《そら》をうつしたように、青《あお》ずんでいる——だが、〝あの星《ほし》〟をかんじとることは、できなかった。どうしてなのかは、わからない。ふりそそぐ太陽《たいよう》のひかりは、おなじはずなのに。

「それで？」とリンボンボスタンがいった。「なにがしりたくて、わざわざ魔界《まかい》へきたのだ？」

「さがしものに協力《きょうりょく》してくれるって、いいましたよね？」

「そうだな。いったとも」

「あなたが〝牢獄《ろうごく》〟にとじこめた〝いたずら者《もの》〟に話《はなし》をきくのは、やっぱりダメですか？」

「愚問《ぐもん》だな。最初《さいしょ》にいっておいたはずだ。〝なぞなぞ〟ないしは〝ゲーム〟のようなものだと。あまりわたしをガッカリさせないでほしいな」

「じゃあ、質問《しつもん》をかえます」ポシーはあっさりといった。「あなたのことをきかせてください。黒《くろ》のキングはあなたのコマだから、あなたのことをきけば、手《て》がかりがみつかるかもしれない」

「身辺調査《しんぺんちょうさ》か。〝さがしものの天才《てんさい》〟にしては、どうもヤボったいが、まあ、よかろう」

するとそのとき、二人《ふたり》の話《はなし》をきいていたポパーが、ちょっとソワソワしたように、きくのだった。

「ねえ、ぼく、あっちにいってていい？」

「いいけど、でも、いっしょにいたほうがよくない？」

「ぼく、たべられちゃうかもしれないってこと？」

「オヤオヤ、魔界《まかい》のことを、だいぶ誤解《ごかい》しているようだな」リンボンボスタンが、あきれたようにいった。「心配《しんぱい》しなくても、おとなしい連中《れんちゅう》ばかりだ」

「あのドラゴンも？」

「むしろ、いちばん安心《あんしん》していい相手《あいて》だ」

「あ、やっぱり！　そうじゃないかとおもってたんだ」

そういうとポパーは、チェス盤《ばん》がおいてあるテーブルのほうへ——というより、あの赤《あか》むらさき色《いろ》のドラゴンがいるほうへ、スキップしながらあるいていった。はじめての魔界《まかい》なのに、もう、なれっこになっている。そんなのんきな弟《おとうと》のことをみおくると、ポシーはいった。

「あなたはたしか、魔界《まかい》の第七十三番《だいななじゅうさんばん》めの王子《おうじ》なんですよね？」

その質問《しつもん》をききながらリンボンボスタンは、ポシーのまぶたの色《いろ》あいをみていた。ついさっきの青《あお》ずんだ色《いろ》はうすれて、なにかべつの色《いろ》がうかんできそうだった。

「第七十二番《だいななじゅうにばん》めの王子《おうじ》というのが、ひどい小心者《しょうしんもの》でな」とリンボンボスタンはいった。「ときたま、わたしに手紙《てがみ》をよこすのだ。かいてあることは毎回《まいかい》おなじで〝わすれるなよ！　おまえは七十三番《ななじゅうさんばん》めだからな！〟と、それだけだ。わたしに順《じゅん》位《い》をうばわれるのじゃないかと、ビクビクしているのだ。順位《じゅんい》をもらってはいても、七十二番《ななじゅうにばん》も七十三番《ななじゅうさんばん》も、魔界《まかい》の大王《だいおう》になれる可能性《かのうせい》など、これっぽっちもない。もっと自由《じゆう》に、気《き》ままにすればいいものを。きのどくなヤツだ」

「魔界《まかい》の人《ひと》たちはみんな、名《な》まえがふえつづけるんですか？　たとえばトムイムも？」

「イヤ、名《な》まえが未完《みかん》なのは、王位継承権《おういけいしょうけん》をもつ者《もの》だけだ。とはいえ、それ以外《がい》の連中《れんちゅう》も、よびにくい名《な》まえばかりではあるがな。魔界《まかい》の住人《じゅうにん》にとっては、ほんとうの名《な》まえを、かんたんによばれないことが、とても重要《じゅうよう》なのだ。猿《さる》のモンシエでさえ、それはおなじだ」

リンボンボスタンの話《はなし》をききながら、ポシーはふと、彼《かれ》の足《あし》もとに目《め》をおとした——白《しろ》い服《ふく》のすそからのぞく足《あし》は、ただの素足《すあし》で、このまえのような黒《くろ》いものはこびりついていない。

「あなたはなぜ、靴《くつ》をはかないんですか？　それも自由《じゆう》のひとつだから？」

「イヤイヤ、はかないのではない。はけないのだ。ときたま、はいてはみるのだが、どんな靴《くつ》でも、すぐにボロボロになってしまうのだからしょうがない。この足《あし》は、つねにもえているのだ。炎《ほのお》こそあがっていないがな。みるがいい」

そういってリンボンボスタンは、足《あし》をどけた。するとそこには、黒《くろ》いこげあとがあった。彼《かれ》があるくたび、まっ白《しろ》な床《ゆか》に、まっ黒《くろ》な足《あし》あとがのこる。だが、しばらくすると、白《しろ》さがそれをのみこんでしまう。床《ゆか》そのものが生《い》きていて、みずからを白《しろ》くさせつづけているのだ。

「この足《あし》は、どうだ、きたないか？」

ためすような口《くち》ぶりで、リンボンボスタンがきくと、ポシーは、わかりません、といった。

「でも、雑菌《ざっきん》がいなそうという意味《いみ》では、きれいかもしれないです」

「ナント！　雑菌《ざっきん》がいない、いなそうとは！」

リンボンボスタンはつい〝おまえは悪魔《あくま》のようなことをいう娘《むすめ》だな！〟といいそうになった。悪魔的《あくまてき》にそれは、すばらしいほめ言葉《ことば》だった……が、ふいにまじめな顔《かお》つきになると、

「おまえはいま、なにをみているのだ？」といった。

ポシーのまぶたには、いつのまにか、さまざまな色《いろ》がうかびあがっていた。それは、虹《にじ》のようにもみえれば、星雲《せいうん》のようにもみえたが、めったにないほど、複《ふく》

雑《ざつ》な色《いろ》あいだった。

「なるほどな。身辺調査《しんぺんちょうさ》はカモフラージュか。おまえは、自分《じぶん》がみるべきものを、みていたわけだ。いいものだな、独自《どくじ》の方法《ほうほう》というのは。みごたえがある」

「じゃあ、最後《さいご》にひとつだけ」ポシーはひとさし指《ゆび》をたてていった。「黒《くろ》のキングがなくなったのは、どこですか？　いちおう〝現場《げんば》〟はみておきたいです」

「フム、いかにも探偵《たんてい》がしそうな質問《しつもん》だな。黒《くろ》のキングがなくなったことに気《き》づいたのは……ああ、ええと〝第一発見者《だいいちはっけんしゃ》〟は、トムイムだ。現場《げんば》がみたいのなら、案内《あんない》させよう」

トムイムをよびつけるとリンボンボスタンは、チェス盤《ばん》とコマをしまってあった場所《ばしょ》まで、ポシーを案内《あんない》するようにいった。

「承知《しょうち》いたしました、ご主人《しゅじん》さま」トムイムは、リンボンボスタンにむかって、ふかぶかとお辞儀《じぎ》をしてから、ポシーのほうをふりかえった。「オイ、ついてきな。迷子《まいご》になるなよ」

ちょっとばかりエラそうにいうと、彼《かれ》は先《さき》にたってあるきはじめた。いちばん最初《さいしょ》にみたときとおなじように、あごの先《さき》には、とがったヒゲをはやしている。ポシーがちらりとふりかえると、リンボンボスタンが弟《おとうと》のポパーのほうへあるいていくのがみえた。どうやら、百番勝負《ひゃくばんしょうぶ》のことが気《き》になるらしい。彼《かれ》があるいたあとには、黒《くろ》い焼《や》けこげがのこったが、しばらくすると、白《しろ》くうすれてきえた。

ポシーは、トムイムのあとについていったが、館《やかた》の中《なか》は、どこまでもひとつづきの、ひろい空間《くうかん》だとおもっていたのに、そうではなかった。なにもかも白《しろ》くて、みわけがつかないだけで、ところどころ、まがり角《かど》や壁《かべ》があった。まえをあるくトムイムのすがたが、たまにかくれることがあるのは、そのせいだ。

「サア、ここだ」

そういってトムイムはたちどまり、白《しろ》いひきだしをあけた。すべてが白《しろ》すぎるせいで、まるで、なにもないところをあけたようにみえた。ひきだしは、からっぽだった。それでもポシーは、その中《なか》をジッとみつめた。彼女《かのじょ》のまぶたには、あいかわらず色《いろ》がうかんでいるが、さっきよりは色《いろ》がすくない。ぼんやりと白《しろ》がひろがって、ところどころ、黒《くろ》とみどり色《いろ》がまざっている。トムイムの肩《かた》の上《うえ》でモンシェは、口《くち》を半《はん》びらきにしたまま、その色《いろ》にみとれていた。

「たぶん、ちがうとおもうけど……」ふいにポシーがいった。「黒《くろ》のキングをかくしたのは、あなたじゃないんでしょ？　それに、モンシェでもない」

「そんなの、あたりまえだろ！」トムイムは腹《はら》をたてていった。「やったのはバルバリッチャだ！　みどりの悪魔《あくま》め！　あいつ、手《て》くせがわるいのはしってるけど、よりによって……」

肩《かた》にのっていたモンシェに、いやというほど耳《みみ》をひっぱられて、トムイムはようやく口《くち》をとじた。そして、自分《じぶん》がなにをいってしまったのか、わかるにつれて、顔《かお》が青《あお》ざめていった。ついうっかり、しゃべりすぎてしまうのが、トムイムの弱点《じゃくてん》だった。彼《かれ》はまたしても、よわよわしい声《こえ》で「アノ……、ぼく、なにかいいましたか？」といった。せっかく復活《ふっかつ》したはずの、あごの先《さき》のとがったヒゲが、またもや、なくなっている。

「そっか、バルバリッチャっていうのね」

「ア、それは……」

「わたしがするのは、さがしものだから。だれがやったのかは、そんなに興味《きょうみ》ないから」

「それなら、その……」

「わかってる。リンボンボスタンさんにはいわない」

「ありがとう」トムイムは、ホッとため息《いき》をついたとおもったら、すぐあかるい口調《くちょう》になって、「でもなんか、リンボンボスタンさんって、ヘンだよな。べつのだれかみたいだ。すごくいい人《ひと》っぽい」

「いちおう、依頼主《いらいぬし》なんだからって、弟《おとうと》がいうから……」

「ア、じゃあ、オレもトムイムさん、とか？」

トムイムはもう〝ぼく〟から〝オレ〟にもどっている。

「あなたはべつに。ただのトムイムだから」

「チェッ。まあ、そうだろうとはおもったけどさ」

そういってトムイムはわらった。猿《さる》のモンシェもわらった。

さて、そのリンボンボスタンさんはというと、チェス盤《ばん》のところで、ポパーと話《はなし》をしていた。ポパーのまわりには、いつのまにか、魔界《まかい》の生《い》き物《もの》たちがあつまっていた。小鳥《ことり》のように彼《かれ》の頭《あたま》の上《うえ》にとまったり、リスのように肩《かた》の上《うえ》をチョロチョロしたり、ヘビのように足《あし》にからみついたり、小《ちい》さな生《い》き物《もの》どうしでじゃれあったり、おいかけっこをしたり――なんだかみんな、居心地《いごこち》よさげで、たのしそうにしている。あの赤《あか》むらさきのドラゴンもいて、大《おお》きな体《からだ》でそっと、ポパーによりそっていた。

「どうもむこうは、うごきがないようだな」

リンボンボスタンがそういうとポパーは、

「うん。だって、今夜《こんや》はもう、やすむっていってたもん」

「フム。それならそれでいい。百番勝負《ひゃくばんしょうぶ》に時間《じかん》の制限《せいげん》はないのだからな」

「もし負《ま》けたら、たましいをとるの?」

「まじめな紳士《しんし》のたましいだ。貴重《きちょう》なお宝《たから》ではあるな」魔界《まかい》の王子《おうじ》はニヤリとわらった。

「この悪魔《あくま》！」

ポパーがにくにくしげにそういうと、まわりにいた小《ちい》さな魔物《まもの》たちは、ちょっとびっくりした顔《かお》になった。

「そのとおりだ。わたしは悪魔《あくま》だ。やさしいお兄《にい》さまだとでもおもったのか？」

「ぼくがなぞなぞをだして、それにこたえられなかったら、百番勝負《ひゃくばんしょうぶ》はもうやめる？」

「ホオ！　これはこれは！　ずいぶんと過激《かげき》な挑戦《ちょうせん》だな！」リンボンボスタンはうれしそうにいった。「悪魔《あくま》と紳士《しんし》の二人《ふたり》から、せっかくの勝負事《しょうぶごと》をとりあげようというわけか！　これはおどろきだ！　そしておもしろい！」

「べつに、そんなつもりじゃ……」

ポパーはどうにかして、この悪魔《あくま》を、チェスタン氏《し》からひきはなしたいとおもっただけだった。

「ではもし、わたしがなぞなぞにこたえられたら、おまえはなにをさしだすのだ？」

「え？　ぼくが……？」

自分《じぶん》が負《ま》けたときのことなんて、ポパーはなにもかんがえていなかった。

「おまえのほうも、姉《あね》と二人分《ふたりぶん》のたましいをさしだすなら、ご自慢《じまん》のなぞなぞをだすがいい」

リンボンボスタンがあまりにも自信《じしん》たっぷりなので、ポパーは不安《ふあん》になった。彼《かれ》がだそうとおもったのは、こんななぞなぞだった。もちろん『世界《せかい》なぞなぞ大《だい》百科《ひゃっか》』にのっていたのだ。


〝国《くに》をもたない王《おう》さまがいる。彼《かれ》は女王《じょおう》と家臣《かしん》をひきつれ、戦争《せんそう》をくりかえす。負《ま》けても生命《いのち》をうしなわず、勝《か》っても生命《いのち》はさずからない。

これは、なぁんだ？〟

こたえは——そう、チェスだ。ポパーは魔界《まかい》のチェス盤《ばん》をみていて、こたえがチェスになるなぞなぞをおもいだしたのだ。ずっとまえ、ポシーにだしてもらったときは、けっこうむずかしかったのに、目《め》のまえにチェス盤《ばん》があると、すぐにわかってしまいそうだった——というより、だれがどうかんがえても、こたえはチェスしかない。ポパーは急《きゅう》に、かんたんすぎる気《き》がしてきた。こんなの、リンボンボンボスタンなら、たちどころにこたえてしまうにちがいない！　悪魔《あくま》になぞなぞをだすのは、とても危険《きけん》なことなのだ。

するとそのとき、ポパーのことをよぶ声《こえ》がきこえた——お姉《ねえ》ちゃんのポシーが、トムイム（とモンシエ）といっしょに、あるいてくる。もうそろそろかえるわよ、といっている。

「ああもう！　時間切《じかんぎ》れだ！」ポパーはリンボンボンボスタンをみあげていった。

「命《いのち》びろいしたのは、ぼくじゃなくて、悪魔《あくま》のほうだからね！」

すてゼリフのようにそういうとポパーは、ポシーのほうへはしっていった。

「なんとまあ！　するとわたしは、幸運《こううん》な悪魔《あくま》というわけだ！」

リンボンボンボスタンは、大《おお》げさに肩《かた》をすくめると、赤《あか》むらさきのドラゴンのことをちらりとみた。ポパーがはしっていくのを、いとおしげにみていたドラゴンは、あの子《こ》にわるさをしようものなら、魔界《まかい》の王子《おうじ》といえども、ただではすまさないから、というかのように、リンボンボスタンのことをジロリとひとにらみした。

＊

「ぼくたち、魔界《まかい》へいってこられたね！」

チェスタン氏《し》の机《つくえ》からおりるとポパーは、鼻《はな》をふくらませながら、そういった
——魔界《まかい》へいってきたことで、すっかり興奮《こうふん》していた。

ポシーは時計《とけい》をみて、チェスタン氏《し》と約束《やくそく》した十五分《じゅうごふん》が、まだすぎていないことをたしかめると、

「いい？　このことは、だれにもいわないでよ」といった。

「うん、いわない。でも……」ポパーは心配《しんぱい》そうに「なにか手《て》がかりとか、あったの？」

「もちろん。ちゃんと現場《げんば》にもいったし、みるべきものをみて、きくべきことをきいたもの」

「そっか、それならよかった！」

黒《くろ》のキングがいま、どこにあるのかは、まだハッキリしないものの、キングをみつけるための〝足《あし》あと〟が、みどり色《いろ》だということは、わかった。これは、大《おお》きな収穫《しゅうかく》だった。

ポシーとポパーはあかりをけすと、二階《にかい》へあがろうとした。すると、チェスタン氏《し》の机《つくえ》の上《うえ》で、なにかが、ぼんやりとひかっているではないか。しかも、なにやら声《こえ》まできこえる！

「しっかしまあ、運《うん》がなかったよなぁ！　なんでオレさまが、チェスのコマなんかに」

「身《み》うごきできないのが、こんなに退屈《たいくつ》だなんて、おもいもしなかったよ！」

「ほかの連中《れんちゅう》ときたら、チェス盤《ばん》の上《うえ》をウロウロするだけ。冗談《じょうだん》のひとつもいえやしない」

声《こえ》の主《ぬし》はだれかというと、みどりのキングだった！　てっきり、だれかと会話《かいわ》しているのかとおもったら、そうではなく、一人《ひとり》でしゃべっていた。しかも、発光性《はっこうせい》のキノコのように、ぼんやりと、みどり色《いろ》にひかっている。うごきだすつも

りなのかとおもったら、そういうわけではないらしい。

「どっちが勝《か》とうが負《ま》けようが、オレさまには関係《かんけい》ない。百番《ひゃくばん》おわれば、めでたくオサラバだ！」

「問題《もんだい》は、あのチビッコどもだ。あんなボヤボヤした連中《れんちゅう》に、オレさまのかくしたお宝《たから》が、みつけられるとはおもわんが、なにがあるかわからんのが世《よ》の中《なか》だ」

「だな。用心《ようじん》のために、ちょっとばかり、手《て》をうっておくとしようか」

そういったきり、みどりのキングはだまってしまった。このまま〝ひとりごと〟をつづけてくれれば、なにかわかるかもしれないのに、とおもっていると、くらやみの中《なか》でいきなり、「キッ」となく声《こえ》がした。ほそくて、かんだかくて、なんだか獰猛《どうもう》そうな声《こえ》だ。ポシーとポパーはびっくりして、声《こえ》をあげそうになったが、かろうじて口《くち》をおさえた。

「オ、そこか。よしよし、こっちへおいで」

「コラ！　そっちじゃない！　こっちだ！　さっさとこい！」

「ッタク、最近《さいきん》は、ネズミ一匹《いっぴき》よびよせるのもひと苦労《くろう》だ」

「オイ、ネズミ、耳《みみ》をかせ、オレさまの話《はなし》をよーくきくんだぞ。いいか……」

みどりのキングは声《こえ》をひそめて、ネズミの耳《みみ》になにやらふきこみはじめた。ところが、なにかしゃべっているのはきこえてもなにをしゃべっているかがわからない！

鼻《はな》をヒクヒクさせ、ひそひそ話《ばなし》に耳《みみ》をかたむけていたネズミは、しだいに目《め》がみどり色《いろ》にひかっていき、やがて、キッとひと声《こえ》なくと、まっくらやみの中《なか》へすがたをけ

した。みどりのキングは、なおも一人《ひとり》でブツブツいっていたが、キノコのようなひかりはしだいにうすれていき、チェスタン氏《し》の机《つくえ》の上《うえ》は、ふたたび、まっくらになった。

「お姉《ねえ》ちゃん！」ポパーが声《こえ》をひそめていった。「みどりのキングがしゃべってたよ！」

「シッ！　わかってる」ポシーはさらに小《ちい》さな声《こえ》でいった。「話《はなし》は部屋《へや》にもどってから！」

二階《にかい》からもれてくるあかりをたよりに、ポシーとポパーはそっと階段《かいだん》をのぼった。

あれが〝バルバリッチャ〟だ――ポシーはおもった。黒《くろ》のキングをかくし、その罰《ばつ》として、リンボンボスタンの手《て》で〝身《み》うごきひとつできない牢獄《ろうごく》〟にとじこめられた〝いたずら者《もの》〟。そして、百番勝負《ひゃくばんしょうぶ》がおわったとたん、まんまと、にげおおせるつもりでいるのだ。

7

こげ茶色《ちゃいろ》のキングだらけ！

「おはよう、お姉《ねえ》ちゃん。まだねむってる？」

いつものように弟《おとうと》の声《こえ》がする。

「ねむってる人《ひと》は、返事《へんじ》なんてしないでしょ」

そういいながら、ポシーは目《め》をひらいた――

ひらいたとたん、ギョッとした。

そこにたっていたのは、弟《おとうと》のポパーではなく、なんと！　弟《おとうと》とおなじ背《せ》たけの黒《くろ》のキングだった（くどいようだが、黒《くろ》といってもこげ茶色《ちゃいろ》だ)。

「お姉《ねえ》ちゃん、なぞなぞだして！」

こげ茶色《ちゃいろ》のキングが、弟《おとうと》の声《こえ》で、弟《おとうと》が毎朝《まいあさ》いちばんにいうことをいっている。

「あれ？　どうかした？　なんでそんなにびっくりしてるの？」

どうみても、王冠《おうかん》をかぶってヒゲをはやし、剣《けん》を手《て》にした小太《こぶと》りのおじさんにしかみえない！

――でもこれは弟《おとうと》だ！　弟《おとうと》なんだ！

ポシーはきもちを集中《しゅうちゅう》させ、目《め》のまえにいるこげ茶色《ちゃいろ》のキングをギュッとみつめた。これまでしたことがないほど、おもいきり目《め》に力《ちから》をそそいだ。すると、キングはしだいに、弟《おとうと》のポパーにかわっていき、やがてすっかり、もとのすがたにもどった。

「ねえ、ほんとにどうかした？　なんか、まぶたが、スゴイことになってるけど……」

フウッとため息《いき》をつくとポシーは、ポパーのすがたがこげ茶色《ちゃいろ》のキングにみえていたことをはなした。ポパー自身《じしん》は、そのあいだ、すこしもヘンなかんじはしなかったらしい。

「あ、そうだ！　なぞなぞ！」

こんなときでも、なぞなぞをわすれない弟《おとうと》に、ハァッとさっきとはちがうため息《いき》をつくとポシーは、本棚《ほんだな》から『世界《せかい》なぞなぞ大百科《だいひゃっか》』をひっぱりだした。パッとひらいて、目《め》にとまったのは、こんななぞなぞだった――

〝十三羽《じゅうさんわ》のカラスが木《き》の枝《えだ》にとまっていました。そのうちの一羽《いちわ》を、ライフル銃《じゅう》でうちおとしました。さて、木《き》の枝《えだ》にのこっているのは何羽《なんわ》でしょうか？〟

ポシーがよみあげると、ポパーはそれをノートにかきとったが、なんとなく、不吉《ふきつ》なきもちにさせられるなぞなぞだった。

そうだ、ヨレナはだいじょうぶかしら――ポシーは白猫《しろねこ》のすがたをさがした。

ポパーのベッドの上《うえ》でのびをするヨレナは、ちゃんとまっ白《しろ》な猫《ねこ》だった。右耳《みぎみみ》だけまっ黒《くろ》なのも、いつもどおり。

　みじたくをすませるとポシーとポパーは、部屋《へや》をでて居間《いま》へいった。もしやチェスタン氏《し》やチェスタン夫人《ふじん》まで、こげ茶色《ちゃいろ》のキングにかわっているのでは――と心配《しんぱい》になったが、二人《ふたり》とも、いつもどおりのすがただった。ただし、チェスタン夫人《ふじん》お気《き》にいりのティーポットが、こげ茶色《ちゃいろ》のキングだった！　キングの首《くび》ねっこをつかんで、ヒゲにおおわれた口《くち》から紅茶《こうちゃ》をそそぐ夫人《ふじん》は、そのことにまったく気《き》づいていない。チェスタン氏《し》も、いつものように新聞《しんぶん》をよんでいる。ポシーは、さっきとおなじように、両目《りょうめ》にギュッと力《ちから》をこめた。するとやがて、こげ茶色《ちゃいろ》のキングではなく、

優美《ゆうび》な蔦模様《つたもよう》のティーポットにもどった。

朝食《ちょうしょく》をすませると、ポシーとポパーは準備《じゅんび》をして学校《がっこう》へいった。

いきなりまた、なにかがこげ茶色《ちゃいろ》のキングにみえてしまうのではないかと用心《ようじん》したが、スクールバスの中《なか》でも、教室《きょうしつ》にはいってからも、あっけないほど、なにごともなかった。

ところが、休《やす》み時間《じかん》になり、みんながおやつをたべはじめると、弟《おとうと》のポパーとおなじ学年《がくねん》のツバラカローニャが、なんと！　こげ茶色《ちゃいろ》のキングの殻《から》をむいて、おいしそうに丸《まる》かじりしているではないか！　ポシーがおかしな顔《かお》をしてみているのに気《き》づいたツバラカローニャは、つっけんどんな口調《くちょう》で、こういった（ちょっとばかり、おこりっぽい女《おんな》の子《こ》なのだ）。

「なに？　どうかした？　ゆで玉子《たまご》がそんなにめずらしいわけ？」

だがそのおかげで、ゆで玉子《たまご》だということがわかった。大《おお》いそぎで、あれはゆで玉子《たまご》だ！　とおもいながらジッとみつめると、ようやくのことで、たべかけのゆで玉子《たまご》にみえた。

授業《じゅぎょう》がおわって、給食《きゅうしょく》の時間《じかん》になると、今度《こんど》は、ポシーのすぐまえの席《せき》のキヨトノブが「なんだこりゃ!」とすっとんきょうな声《こえ》をあげた。みんなが彼《かれ》の給《きゅう》食《しょく》をのぞきこむと、おかずがいくつか、こげ茶色《ちゃいろ》のキングになっている!

え? キングはポシーにしか、みえないんじゃないかって?

そうなのだ。ついにポシーだけでなく、みんなにも、キングがみえはじめたのだ。

「これはこういうおかずなのかな?」などといいながら、おひとよしのキヨトノブは、こげ茶色《ちゃいろ》のキングを口《くち》にいれようとした。ポシーは大《おお》あわてで、キングにかわってしまったおかずをジッとみつめた。するとそれは、ヤングコーンにもどった。ほかは、ブロッコリーとニンジンだった。

「あれぇ、なんか、すごいヘンなものにみえたのに」

「黒《くろ》いイカだったよね!」

「なんかギザギザしてたから、きっとアミガサタケだよ」

口々《くちぐち》にそんなことをいいながらみんなは、自分《じぶん》の席《せき》へもどろうとした。

ところが今度《こんど》は、窓《まど》の外《そと》をみながら給食《きゅうしょく》をたべていたヨジリナが、「あれぇ、あそこ、なんかヘンなのぉ」というのだった。彼女《かのじょ》はポシーのひとつ年下《としした》で、ちょっとばかり、のんびり屋《や》さんだ。

「なになに！」といってみんなは、窓《まど》のところにあつまった。

なんと、学校《がっこう》のすぐまえにある郵便《ゆうびん》ポストが、こげ茶色《ちゃいろ》のキングになっている！　手紙《てがみ》をだそうとしていたおじいさんが、ポッカリひらいたキングの口《くち》に、右手《みぎて》をつっこんでいる。おじいさんがつれているブチの犬《いぬ》が、ポカンとそれをみあげている。

みんなは「わあ！」と声《こえ》をあげると、教室《きょうしつ》をでて廊下《ろうか》をかけぬけ、正面玄関《しょうめんげんかん》から外《そと》へとびだしていった。弟《おとうと》のポパーもだ。ポシーは窓《まど》のところにのこって、こげ茶色《ちゃいろ》のキングをみつめつづけた。あれは郵便《ゆうびん》ポストだ！　そうおもいながらみつめると、キングはもとの郵便《ゆうびん》ポストにもどった。

ちょうどそのとき、クラスのみんながポストのところまでやってきた。

「あれぇ、おっかしいなぁ、ふつうの郵便《ゆうびん》ポストだ」

「顔《かお》があったよね？　オジサンみたいな」

「動物《どうぶつ》じゃないの？　マントヒヒとか」

ほかにもなにか、こげ茶色《ちゃいろ》のキングにかわってしまったかもしれない。ポシーも大《おお》いそぎで教室《きょうしつ》をでて、みんなのところへいくことにした。すると、正面玄《しょうめんげん》関《かん》をでたところで、いきなり、むかいの家《いえ》のおばあさんが、こげ茶色《ちゃいろ》のキングを両手《りょうて》でささげるようにもって、とびだしてきた。

「ちょっとこれ、どうなってるの！」

「それ、ほんとはなんですか？」ポシーがきくとおばあさんは、

「なんですかって、招《まね》き猫《ねこ》にきまってるわよ！　猫《ねこ》の置《お》き物《もの》なの！　縁起物《えんぎもの》なのよ！　それがこんな……」

ポシーがジッとみつめるとそれは、手招《てまね》きする猫《ねこ》の置《お》き物《もの》にもどり、おばあさんは、おっかしいわねぇ、といいながら、家《いえ》の中《なか》へもどっていった。ポシーはホッとして、みんなのところへはしっていった。

そのあとも、近所《きんじょ》のあちこちで、いろいろな物《もの》が、こげ茶色《ちゃいろ》のキングにかわった。うわぁ！　とか、ひえぇ！　という声《こえ》がきこえるたび、あっちへいったりこっちへきたり。ポシーもみんなといっしょにはしりまわり、ひとつひとつ目《め》をこらしたが、彼女《かのじょ》がみつめるともとにもどることは、だれも気《き》づかなかった。

近所《きんじょ》をはしりまわって、ヘトヘトになるとみんなは学校《がっこう》へもどり、教室《きょうしつ》にはいって大《おお》いそぎで給食《きゅうしょく》をたべたが、ボルベーリ先生《せんせい》はべつに、腹《はら》をたてたりはしなかった。けれども、かえりの握手《あくしゅ》のとき、ポシーは一瞬《いっしゅん》だけ、先生《せんせい》から目《め》をそらしてしまった。そんなことをするのは、入学以来《にゅうがくいらい》はじめてだった。こげ茶色《ちゃいろ》のキングがあらわれて、大《おお》さわぎになったのは、自分《じぶん》のせいだとおもって、みんなに迷惑《めいわく》をかけた気《き》がしたのだ。

教室《きょうしつ》をでて、バスのところまであるいていると、太陽《たいよう》がまぶしかった。バスにのっているあいだずっと、ポシーはまぶたを指《ゆび》でおさえていた。もうなにもみたくない！　とさえおもった。日《ひ》のひかりがささない地下道路《ちかどうろ》にバスがはいると、すこしラクになった気《き》がした。

家《いえ》にかえるとポシーは、気晴《きば》らしにリコーダーをふこうとした。ときどき弟《おとうと》のポパーと二重奏《にじゅうそう》をするのが、彼女《かのじょ》のたのしみのひとつだった。ここちよい音楽《おんがく》を耳《みみ》にすれば、すこしはきもちがやわらぐにちがいない。ところが、手《て》にしたリコーダーは、こげ茶色《ちゃいろ》のキングだった。

ポシーはがっかりした顔《かお》でキングをみつめた。しばらくするとそれは、一本《いっぽん》のアルトリコーダーにもどったが、彼女《かのじょ》はもう、リコーダーをふきたいとは、おもえなくなっていた。

「お姉《ねえ》ちゃん、だいじょうぶ？」ポパーが心配《しんぱい》そうにきいた。「まぶたの色《いろ》、なんかスゴイよ……」

ポシーのまぶたは、こげ茶色《ちゃいろ》のキングをみつめすぎたせいで、奇妙《きみょう》なマーブル模様《もよう》になっていた。

「昨日《きのう》の夜《よる》のこと、なんか関係《かんけい》あるのかな？　ほら、あの、みどり色《いろ》の……」

「わからないけど……、今日《きょう》はわたし、部屋《へや》にいるから」

「うん。わかった」

ポパーは一人《ひとり》でチェスタン書房《しょぼう》へいって、宿題《しゅくだい》をしたり、本《ほん》をよんだりした。十三羽《じゅうさんわ》のカラスのこともかんがえた——だれかがカラスにねらいをつけて、ライフル銃《じゅう》でうつところを想像《そうぞう》したが、あまり、たのしいことではなかった。

チェスタン氏《し》はあいかわらずチェスばかりしていて、ポパーがはなしかけても「ん」とか「ああ」とか、デンナーさんみたいな返事《へんじ》しかしてくれなかった。

やがて夕方《ゆうがた》になると、ポパーは二階《にかい》へもどった。ポシーは、つかれてねむっていた。まぶたにはまだ、色《いろ》がのこっている。いつのまにか三《み》つあみをほどいていて、髪《かみ》がフワフワとなみうっている。ポパーは、ねむりつづける姉《あね》の頭《あたま》を、そっとなでた。

8

こたえはなぞなぞ!?

あくる朝《あさ》、目《め》をさますとポシーは、ハッとしたようにとびおきた。なにか、とんでもないことが、自分《じぶん》の身《み》におこった気《き》がしてしょうがなかった。彼女《かのじょ》はベッドをとびだすと、あわてて窓《まど》のところまでいって、両手《りょうて》でパッとおしひらいた。太陽《たいよう》のひかりが、部屋《へや》いっぱいにあふれる。無数《むすう》のひかりの矢《や》が、ドッとふりそそぐ。ポシーは目《め》をとじて、まっすぐ太陽《たいよう》に顔《かお》をむけた。みえない視線《しせん》を、はるか彼方《かなた》へと、鳥《とり》のようにとびたたせる。

だが、しばらくすると、ポシーはガックリと下《した》をむいてしまった。あの〝星《ほし》〟

がない！　あるということを、いつだって、かんじることができていた星《ほし》。だれにもたのまれず、彼女《かのじょ》が自分《じぶん》でみつけた星《ほし》。この地上《ちじょう》で、彼女《かのじょ》だけが、みつけることのできた星《ほし》——それが、かんじられない。

なぜ、こんなことになってしまったのか、まったくわからなかった。こころぼそいときほど、星《ほし》は勇気《ゆうき》づけてくれた。それなのに……。ポシーは、これまであじわったことのない、奇妙《きみょう》で、どうしようもないきもちになった。もし彼女《かのじょ》が〝絶望《ぜつぼう》〟という言葉《ことば》をしっていたなら、〝これこそ絶望《ぜつぼう》にちがいない！〟とおもったかもしれない。

「お姉《ねえ》ちゃん？　どうかした？」

ねむたげな弟《おとうと》の声《こえ》がする。ポシーはいそいで窓《まど》をしめた。

「なんでもない。気《き》にしないで」

「わかった。じゃあ、気《き》にしない」そういうとポパーは、枕《まくら》の下《した》から青《あお》い革表《かわびょう》紙《し》のノートをとりだした。「お姉《ねえ》ちゃん、今日《きょう》のなぞなぞ！」

ポパーは期待《きたい》に目《め》をかがやかせている。ポシーはのんきな弟《おとうと》の顔《かお》を、まじまじとみつめた。

「あれ？　もしかしてまた、こげ茶色《ちゃいろ》のキングにみえてる？」

「ううん、だいじょうぶ。ちゃんとポパーだから」

そういうとポシーは、本棚《ほんだな》から『世界《せかい》なぞなぞ大百科《だいひゃっか》』をひっぱりだした。

そして、みつけたのは、こんななぞなぞだった――


〝わたしの宝物《たからもの》は、ジッとかくれています。かくれているあいだは宝物《たからもの》でも、みつかったとたん、宝物《たからもの》ではなくなってしまう。わたしは、だぁれ？〟


ポパーはそのなぞなぞをノートにかきとりながら、ポシーのことをちらりとみた。いつもなら、なぞなぞをだすと、すぐに本《ほん》をとじてしまうのに、今朝《けさ》はずっとみている。ひょっとすると、おかしなこたえなのかもしれない。

じつをいうと『世界《せかい》なぞなぞ大百科《だいひゃっか》』は、なぞなぞとおなじページに、こたえもかいてある。だからポパーは、自分《じぶん》でかきうつしたくないのだ。チラッとでもこたえがみえてしまったら、なぞなぞではなくなってしまう！

「こたえ、わかった？」ポシーがそうきくとポパーは、

「え？　まだわかんない。なんだろ。あっ！　いっちゃダメだからね！」

いわないわよ、というとポシーは『世界《せかい》なぞなぞ大百科《だいひゃっか》』を本棚《ほんだな》にもどした。

そして、きがえをすませると、髪《かみ》を三《み》つあみにした。毎朝《まいあさ》のことなので、わざわざ鏡《かがみ》をみなくてもきれいにあめるが、ふと鏡《かがみ》をのぞきこむと、彼女《かのじょ》のまぶたはまるで、絵《え》の具《ぐ》でらくがきしたみたいになっている。こんなのを正直《しょうじき》にうつすから、鏡《かがみ》はきらわれるのだ。

みじたくをすませて居間《いま》にいくと、チェスタン氏《し》はいつものように、愛用《あいよう》の揺《ゆ》り椅子《いす》にすわっていたが、なんと！　新聞《しんぶん》をひろげたまま、大《おお》あくびをした。ポシーとポパーが朝《あさ》のあいさつをすると、彼《かれ》も「おはよう」といったが、すごくねむそうだった。

それもそのはずで、ついつい夜《よ》ふかしをして、チェスに熱中《ねっちゅう》していたのだ。しかも彼《かれ》は、大《おお》あくびをしながらもなお、チェスのことをかんがえていた。どう

にかして勝利《しょうり》をものにできないものかと頭《あたま》をひねっていた。百番勝負《ひゃくばんしょうぶ》なんて、もっとずっと時間《じかん》がかかるとおもっていたのに、あっというまに、九十七《きゅうじゅうなな》ゲームがおわってしまった。勝敗《しょうはい》は――二十四勝《にじゅうよんしょう》二十四敗《にじゅうよんぱい》四十九《よんじゅうきゅう》分《わ》け。ギリギリだ。こうなったらもう、のこり三《さん》ゲームを、全力《ぜんりょく》でたたかうしかない。

いっぽう、ポシーはというと、なぞなぞのことをかんがえていた。彼女《かのじょ》がさっきポパーにだしたなぞなぞのこたえは〝なぞなぞ〟だった。なんだか、おかしななぞなぞだ。ちょっと気《き》になる。でも、気《き》がかりなのはやっぱり、星《ほし》のことだった。もうなくなってしまったのかもしれない、とかんがえると、たまらなく、さびしかった。

さがしもののことも、気《き》がかりだった。あまり、うまくいっているとはいえない。〝現場《げんば》〟を自分《じぶん》の目《め》でみたのに、〝足《あし》あと〟だってみつけたのに……。こんなに手《て》こずるなんて、これまで一度《いちど》もなかったことだ。これはもしかすると、自分《じぶん》にとって、最大《さいだい》のピンチかもしれない、とポシーはおもった。うまくやれていたことが、うまくやれなくなったり、悪魔《あくま》とかかわりになったり、こげ茶色《ちゃいろ》のキングがあんなにたくさんあらわれたり――おかしなことばかりだ。

そんな二人《ふたり》をみてポパーは「二人《ふたり》とも、どうしちゃったのかな」とおもった。ジッとだまったまま、食堂《しょくどう》のイスにすわっているチェスタン氏《し》とポシーはまるで、チェスのコマみたいだった。

そのとき、ポパーのおなかが、ググッグーッとなった。まるで動物《どうぶつ》のなき声《ごえ》のようだ。

そういえば、朝食《ちょうしょく》は――？　テーブルの上《うえ》にまだなにもないことに、みんなはようやく気《き》づいた。すると、それをまっていたかのように、チェスタン夫人《ふじん》ナジアがやってきて、チェスタン氏《し》とポシーのまえに、ミルクティーをおいた。カップに一杯《いっぱい》。それだけ。ポパーとナジアの二人《ふたり》は、いつもどおりの朝食《ちょうしょく》。チェスタン氏《し》とポシーは、おもわず顔《かお》をみあわせた。

「これだけ？」

「そうよ」といってナジアはほほえんだ。「かんがえごとばかりじゃ、おきたまま、ねむっているようなものだもの。たくさん目《め》をさますには、いつもよりもっと、

すくなくしなくてはね」

のんでみるとそれは、いつもとおなじミルクティーだった。おいしい。だが、おかわりはないので、二人《ふたり》はそれを、できるだけゆっくりとのんだ。

学校《がっこう》の準備《じゅんび》をして、ポシーとポパーが部屋《へや》をでると、チェスタン氏《し》もちょうど、下《した》へおりるところだった。三人《さんにん》はいっしょに、階段室《かいだんしつ》の階段《かいだん》をおりた。

「ナジアには、なにもはなしていないのだが……」チェスタン氏《し》はにがわらいしていった。「どうも、なにもかもおみとおし、という気《き》がするよ。まあ、むかしからそうだがね」

めずらしくチェスタン氏《し》にみおくられてバスにのると、ポシーとポパーは学校《がっこう》へいった。

けれども、学校《がっこう》で授業《じゅぎょう》をうけていても、ポシーのこころはまるで、ピタリととざされた窓《まど》のようだった。勉強《べんきょう》はすきま風《かぜ》とおなじで、彼女《かのじょ》の中《なか》へはいっていくことができない。

休《やす》み時間《じかん》になるとポシーは、チェスタン夫人《ふじん》がもたせてくれた焼《や》き菓子《がし》を、一口《ひとくち》ずつゆっくりたべた。ツバラカローニャはまた、ゆで玉子《たまご》をたべている。そういえば、彼女《かのじょ》のおやつは、毎日《まいにち》ゆで玉子《たまご》だ。そしていつも、殻《から》が茶色《ちゃいろ》い玉子《たまご》だ。彼女《かのじょ》がこげ茶色《ちゃいろ》のキングの殻《から》をむいてたべていたのは、つい昨日《きのう》のこと……ハッと気《き》がつくと、いつのまにか、ツバラカローニャがポシーの目《め》のまえにいて、茶《ちゃ》色《いろ》いゆで玉子《たまご》をひとつ、さしだしていた。

「ほら、あげる」ツバラカローニャは、ぶっきらぼうにいった。

「え？　でも……」

「今日《きょう》は二《ふた》つあるから」

おなかがへっていたポシーは、ありがとうといって、ゆで玉子《たまご》をもらった。茶《ちゃ》

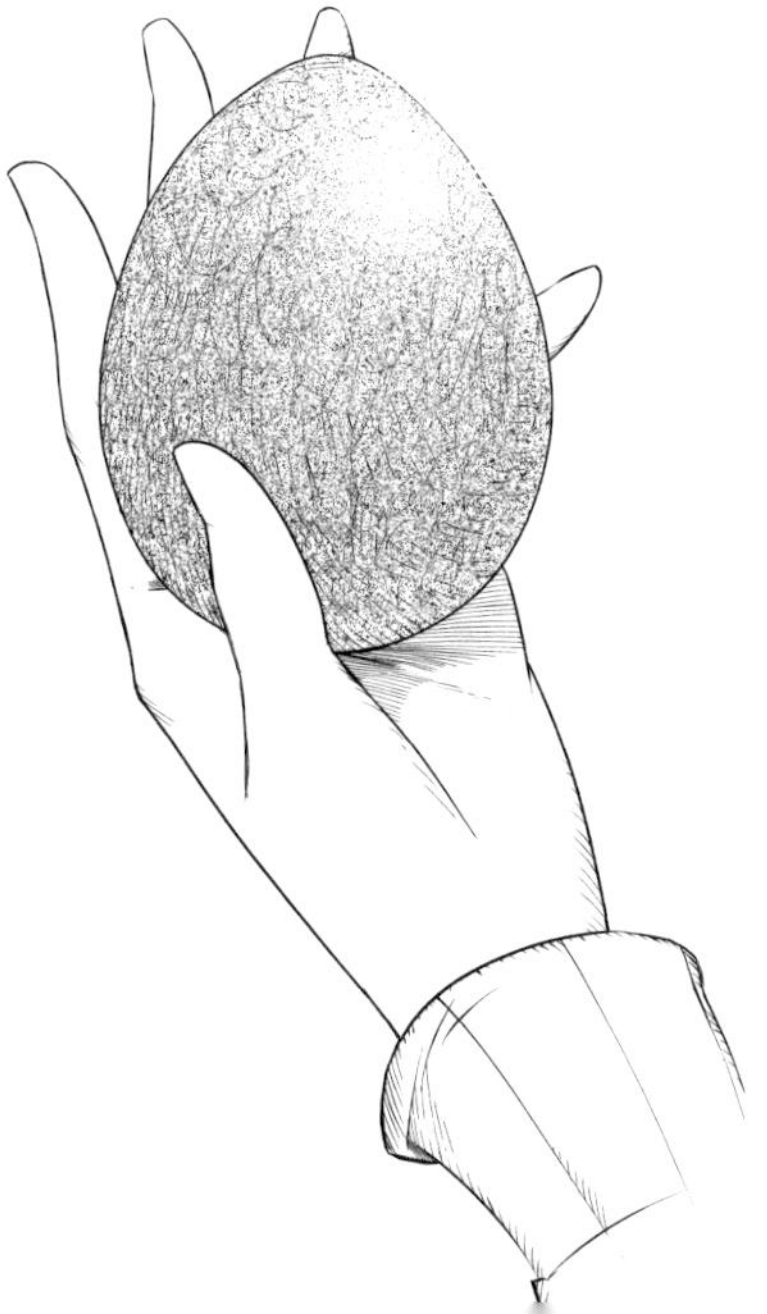

色《いろ》い殻《から》をむくと、その中《なか》には白身《しろみ》があって、そのまた中《なか》には黄身《きみ》がある。玉子《たまご》って、ふしぎ――その瞬間《しゅんかん》。

「えぇっ⁉」

小《ちい》さなさけび声《ごえ》をあげるとポシーは、ガタタッと音《おと》をさせて、イスからたちあがった。突然《とつぜん》、なにかがキラリとまたたいたのだ。目《め》でみることはできない。でも、小《ちい》さなまたたきをかんじる。

ツバラカローニャはびっくりして、あやうくツルリと、自分《じぶん》のゆで玉子《たまご》をおとしそうになった。

「ちょっ、なに⁉　なによ！」

あ、ごめん、気《き》にしないで――そういうとポシーはまたイスにすわりなおした。なにかがわかりそうな、でも、そのままフウッときえてしまいそうな、そんなかんじだった。

のこりの授業《じゅぎょう》をうけるあいだも、お昼《ひる》の給食《きゅうしょく》をたべるあいだも、ボルベーリ先生《せんせい》とかえりの握手《あくしゅ》をするときも、そしてデンナーさんが運転《うんてん》するバスにのって下校《げこう》するあいだも、ポシーは自分《じぶん》のこころにうかんだ〝なにか〟を、そっとそのままにしておくだけで、せいいっぱいだった。それはまるで、ほんのちょっとの風《かぜ》でもきえてしまう、ロウソクの小《ちい》さな火《ひ》のようだった。

「お姉《ねえ》ちゃん、顔《かお》がこわばってる。なにかガマンしてるの？」

「ポパー、おねがいだから、なにもいわないでいて！」

「わかった。なんにもいわないでおく」

スクールバスをおりるとポシーとポパーは、二階《にかい》にあがってカバンを部屋《へや》におき、チェスタン書房《しょぼう》へおりていった。すると、チェスタン氏《し》が、机《つくえ》のまわりをかたづけているではないか。なんだか、すがすがしい顔《かお》をしている。机《つくえ》の上《うえ》に山《やま》とつまれているのは、すべてチェスの本《ほん》だ。入門書《にゅうもんしょ》に解説書《かいせつしょ》、技法書《ぎほうしょ》、問題集《もんだいしゅう》……。あまりのちらかりぶりに、チェスタン氏《し》は反省《はんせい》のきもちをこめて「い、いまこ、こに……」とつぶやいた。いつものチェスタン氏《し》にもどったようにみえるが、でも、まだわからない。

「チェスはどうしたの⁉」ポシーがさけび声《ごえ》をあげた。「もうおわっちゃったの？」

みると、机《つくえ》の上《うえ》にはまだチェス盤《ばん》があり、すべてのコマがはじまりの位置《いち》にあった。アイボリー色《いろ》の白《しろ》コマも、なまがわきの血《ち》のような黒《くろ》コマも、そしてみどり色《いろ》のキングも。

「わたしはこれから、二階《にかい》へいって昼食《ちゅうしょく》だ」チェスタン氏《し》は、いかにもたのしみ、というようにいった。「朝《あさ》があれだったから、もう腹《はら》ペコだ。そのあと、最後《さいご》の勝負《しょうぶ》をしなくちゃならん」

「いまの対戦成績《たいせんせいせき》は？」

「うむ、どうしてこうなってしまったのか、自分《じぶん》でもふしぎでしょうがない」チェスタン氏《し》は、首《くび》をひねりながらつぶやいた。「こんなはずではなかったのだが……」

チェスタン氏《し》が階段《かいだん》をあがっていくと、ポシーとポパーは大《おお》いそぎでチェス盤《ばん》のふちをしらべた。印《しるし》をかぞえてみると、◯《まる》が二十四個《にじゅうよんこ》、×《ばつ》が二十五個《にじゅうごこ》、△《さんかく》が五十個《ごじゅっこ》だった――つまり、九十九《きゅうじゅうきゅう》ゲームがおわって、二十四勝《にじゅうよんしょう》二十《にじゅう》五敗《ごはい》五十分《ごじゅうわ》け。勝《か》ちがひとつたりない。これでもう、最後《さいご》のゲームは負《ま》けられなくなった。いや、ぜったいに勝《か》たなくてはならない。勝《か》てれば最終的《さいしゅうてき》にひきわけにできるが、負《ま》ければ負《ま》け、ひきわけでも負《ま》けだ。

フウッとため息《いき》をつくとポシーは、チェスタン氏《し》の机《つくえ》の上《うえ》にあがった。

「お姉《ねえ》ちゃん、魔界《まかい》へいくの？」

「そのつもり。こっちにいると、うまくやれないかもしれないから」

ポパーも机《つくえ》にあがると、二人《ふたり》はひとさし指《ゆび》となか指《ゆび》をねじり、黒《くろ》い窓《まど》のような鏡《かがみ》をくぐりぬけて、ふたたび魔界《まかい》へいった。するとちょうど、リンボンボスタンが最終《さいしゅう》ゲームの第一手《だいいって》をさそうとしているところだった。第一《だいいち》ゲームはチェスタン氏《し》が先攻《せんこう》だったから、第百《だいひゃく》ゲームはリンボンボスタンが先攻《せんこう》だ。

「いつでも歓迎《かんげい》する、といいたいところだが……」まっ白《しろ》なテーブルの上《うえ》にたっているポシーとポパーをみあげてリンボンボスタンはいった。「これから、だいじなゲームをはじめるところだ」

「わかってる」ポシーはこのまえとおなじように、リンボンボスタンに手《て》をとってもらって、まっ白《しろ》なテーブルからおりながらいった。「これが最後《さいご》の勝負《しょうぶ》だもの」

「あの紳士《しんし》は、勝《か》たねば破滅《はめつ》だ。それもわかっているな？」

「勝《か》たせてあげてなんていわない。どんな結果《けっか》でも、その運命《うんめい》にしたがいます！」

その言葉《ことば》をきいてリンボンボスタンは、ポシーのことをしげしげとみた。

「よい覚悟《かくご》だ。ほれぼれするよ」

そういって彼《かれ》は、白《しろ》のポーンを二《ふた》マスすすませ、最後《さいご》のゲームをはじめた。

しばらくすると、黒《くろ》のポーンのひとつが、ぼんやりとあかるくなり、ひとりでにうごいた。チェスタン氏《し》が昼食《ちゅうしょく》をおえて、もどってきたのだ。

リンボンボスタンとチェスタン氏《し》は、かんがえる時間《じかん》をほとんどとらず、早指《はやざ》しのように、つぎからつぎへとコマをうごかしていった。あたかも、これまでのたたかいで、おたがいのことはよくわかっている、とでもいうかのように。テンポのいいコマのうごきはまるで、二人《ふたり》がかわすたのしげな会話《かいわ》か、愉快《ゆかい》な合奏《がっそう》のようだった。

やがて、七十二手《ななじゅうにて》めで、ついに白《しろ》はキングだけになった。黒《くろ》は、キングのほかにナイトがひとつ、そしてポーンが昇格《しょうかく》したクイーンがひとつのこっている。

あきらかにチェスタン氏《し》の黒《くろ》が有利《ゆうり》だ！

「フム、これでこのゲーム、わたしの勝《か》ちはなくなったな」リンボンボスタンはいった。「この先《さき》、ひきわけにもちこめる可能性《かのうせい》は……これまたなさそうだ」

もちろん、完全《かんぜん》にチェックメイトされてしまうまで、あきらめわるく、白《しろ》のキングをにげまわらせることはできる。だがそれは、魔界《まかい》の王子《おうじ》たる者《もの》がしていいことではなかった。

よし、おわりだ——リンボンボスタンがそういうと白《しろ》のキングは、かなしそうな、うらめしそうな、無念《むねん》そうな顔《かお》をしてから、その場《ば》にバタリとたおれた。チェスでは、自分《じぶん》のキングをたおすのが、負《ま》けをみとめる合図《あいず》だ。

チェスタン氏《し》が勝《か》った！

チェス盤《ばん》のふちに、二十五個《にじゅうごこ》めの印《しるし》がうかびあがる。

二十五勝二十五敗五十分け《にじゅうごしょうにじゅうごはいごじゅうわ》——勝負《しょうぶ》の結果《けっか》は、完全《かんぜん》なひきわけだ！

百番勝負《ひゃくばんしょうぶ》のおわりが確定《かくてい》した瞬間《しゅんかん》、チェス盤《ばん》の上《うえ》から、みどりのキングが煙《けむり》のようにポンとたちのぼった。バルバリッチャが解放《かいほう》されたのだ。そのすがたは、ぞろりとしたまっ白《しろ》な服《ふく》をきて、顔《かお》も全身《ぜんしん》もみどり色《いろ》、腕《うで》がながく、指先《ゆびさき》は器用《きよう》そうにしなっている。チェスのコマだったときのような、ずんぐりむっくりした印象《いんしょう》はない。

「われらが主人《あるじ》にして、高貴《こうき》な未完《みかん》の名《な》をおもちの王子《おうじ》さま」バルバリッチャは、わざとらしいほど、うやうやしげにいった。「まことに残念《ざんねん》ながら、黒《くろ》のキングはいまなお、かくされたままでございますな。あるいは、このままいつまでも……」

そういわれてリンボンボスタンは、ちらりとポシーのことをみた。ポシーは、バルバリッチャのことをジッとみている。両目《りょうめ》に力《ちから》をそそぎ、悪魔《あくま》の視線《しせん》をとらえてみつめかえす。彼女《かのじょ》のまぶたがしだいに、あざやかなみどり色《いろ》にかわっていく。すると、あわてて目《め》をそらしたのは、みどりの悪魔《あくま》のほうだった。その瞬間《しゅんかん》、彼女《かのじょ》は確信《かくしん》した——みつけた！

「つかまえて！」ポシーはさけんだ。

「その悪魔《あくま》をつかまえて！　にがしてはダメ！」

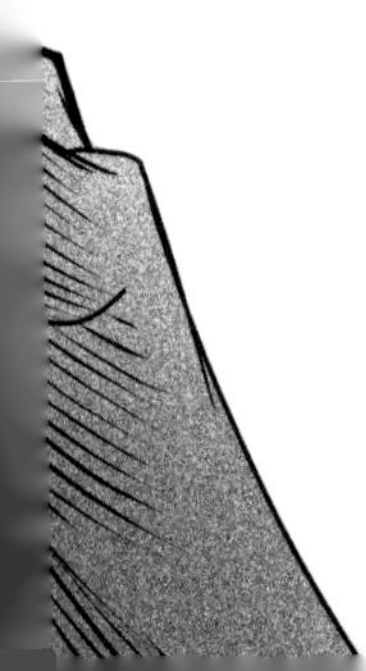

リンボンボスタンの背後《はいご》から影《かげ》のような第三《だいさん》の腕《うで》がのびて、みどりの悪魔《あくま》をわしづかみにした。

「それで？」とリンボンボスタンはいった。「つかまえて、どうするのだ？」

「ふるの！　さかさまにしてふって！」

リンボンボスタンの影《かげ》のような腕《うで》が、バルバリッチャをさかさまにふる。ブンブンふる。ふりまくる。すると、まっ白《しろ》な床《ゆか》に、なにかがコロリところがった

——黒《くろ》のキングだ！

バルバリッチャは、黒《くろ》のキングを自分《じぶん》でのみこんでいたのだ！　これでは、百番勝負《ひゃくばんしょうぶ》のあいだは、キングをみつけられっこない。勝負《しょうぶ》がおわれば、解放《かいほう》されてホイホイにげだせる。つまり、勝負《しょうぶ》がおわった直後《ちょくご》しか、黒《くろ》のキングをとりもどすことはできなかった。最後《さいご》の最後《さいご》でかくし場所《ばしょ》がみつかってしまったバルバリッチャは、「おみごと」というと、青菜《あおな》のようにしおれた。もちろん、しおれただけだ。しばらくすればまた元気《げんき》になって、いたずらをはじめることになる。

ポシーは白《しろ》い床《ゆか》から黒《くろ》のキングをひろいあげると、「どうぞ、あなたがなくした物《もの》です」といって、リンボンボスタンにさしだした。

「さすがだな、よくみつけた」といって彼《かれ》はそれをうけとった。

「おや、リンボンボスタン殿《どの》、最後《さいご》にお顔《かお》をみながら、ご挨拶《あいさつ》ができそうですな」

そういう声《こえ》がきこえたとおもったら、チェス盤《ばん》の鏡《かがみ》に、チェスタン氏《し》のすがたがうかびあがってきた。

「ウム、じつにいい勝負《しょうぶ》であった」リンボンボスタンはいった。「貴公《きこう》には勝《か》てなかったが、負《ま》けもしなかったな」

「それはまあ、おたがいさまということで。わたしもつい、熱中《ねっちゅう》してしまった」

チェスタン氏《し》とリンボンボスタンが話《はなし》をはじめると、ポシーとポパーは大《おお》あわてで、かくれるところをさがした。すると、あの赤《あか》むらさき色《いろ》のドラゴンが、その大《おお》きな体《からだ》で、二人《ふたり》のことをかくしてくれた。ドラゴンは、体《からだ》も大《おお》きいが、腕《うで》も、とてもたくましい。ポシーはふと、いちばんふるい記憶《きおく》の中《なか》にある、あの、大《おお》きくてやさしい腕《うで》のことをおもいだしそうになった。

「サテ、名残《なごり》おしくはあるが、チェス盤《ばん》を回収《かいしゅう》させていただくとしよう」

リンボンボスタンがそういうと、チェスのコマたちがみんないっせいに、魔界《まかい》側《がわ》へ移動《いどう》してきた。そしてトムイムが、魔界側《まかいがわ》のチェス盤《ばん》を鏡《かがみ》からひきはなすと、なんと、チェスタン書房《しょぼう》のほうにあった半分《はんぶん》のチェス盤《ばん》が、スーッときえてしまった。それをみてチェスタン氏《し》は、これまでの勝負《しょうぶ》がすべて、夢《ゆめ》かまぼろしだったかのようなきもちになった。

「そういえば、黒《くろ》のキングはみつかりましたかな？」

「ごらんのとおりだ」そういってリンボンボスタンは、手《て》にしていた黒《くろ》のキングをみせた。「さすが、さがしものの天才《てんさい》、というわけだ。評判《ひょうばん》どおり……いや、それ以上《いじょう》であった」

それをきいてチェスタン氏《し》は、とても満足《まんぞく》そうにほほえんだ。

「それでは、ご機嫌《きげん》よう」

主人《あるじ》たちが最後《さいご》の挨拶《あいさつ》をしているあいだにトムイムは、今度《こんど》は鏡《かがみ》をクルクルまるめはじめた。ほそくほそく、どんどんほそく！　鏡《かがみ》はとうとう、一本《いっぽん》の線《せん》のようになり、ついにはきえてしまった。

「あれ？　そうしたらぼくたち、どうやってかえるの？」

赤《あか》むらさきのドラゴンのうしろからでてきてポパーがいった。

「このまま、ここにいてもいいぞ。どうやらみんな、おまえがすきらしいからな」

ふと気《き》がつくと、魔界《まかい》の生《い》き物《もの》たちが、ポパーのちかくに、いそいそとあつまってきている。

「え？　でも、それはちょっと……」

「それならテンターナ、おまえの仕事《しごと》だ」

リンボンボスタンがそういうと、赤《あか》むらさきのドラゴンがふいに、少女《しょうじょ》のすがたにかわった。赤《あか》むらさきの髪《かみ》をして、髪《かみ》よりもあわい色《いろ》あいの、ふんわりした服《ふく》をきている。

「心配《しんぱい》しないでもだいじょうぶよ、おチビのポパーちゃん！」赤《あか》むらさきのテンターナがいった。「わたしがちゃんと、かえれるようにしてあげるから」

いきなり〝おチビのポパーちゃん〟といわれて、ポパーはさすがにちょっとムッとした。

「わるいけど、ぼくにはきみのほうが、おチビちゃんにみえるけどね！」

目《め》のまえにいるのは、せいぜい一年生《いちねんせい》ぐらいの女《おんな》の子《こ》だ。背《せ》たけだって、ポパーのほうが大《おお》きい。

「アラ！　なんにもしらないのね！　小《ちい》さいほうが、大《おお》きくてつよいのよ。わかる？　わたしが小《ちい》さくなれるのは、スゴイことなの。スペシャルなんだから！」

「ぼく、この子《こ》のいうことなんて、ちっともわからないよ！」

大《おお》きなドラゴンが、小《ちい》さな女《おんな》の子《こ》に変身《へんしん》するのは、よほど力《ちから》がないとできないことなのだが、ポパーにはそんなこと、わかるはずがない。

「なぞなぞがすきなくせに、カチカチの石頭《いしあたま》だな」

そういってリンボンボスタンはわらった。

「いいこと、わたしの左側《ひだりがわ》をとおっていくのよ」テンターナがいった。「そして、ふりかえらずにあるきなさい。そうしたら、ちゃんとかえれるから」

ポシーとポパーはいわれたとおり、少女《しょうじょ》の左側《ひだりがわ》をとおり、ふりかえらずにあるきつづけた。すると、気《き》づいたときにはもう、チェスタン書房《しょぼう》の二階《にかい》の部屋《へや》にいた。

9 星《ほし》へのあゆみ

夜明《よあ》けはまるで、まっ白《しろ》な仔猫《こねこ》のよう——仔猫《こねこ》がちょこんとのせた白《しろ》い前足《まえあし》のように、その日《ひ》いちばんの太陽《たいよう》のひかりが、家々《いえいえ》の屋根《やね》の上《うえ》にあらわれる。地《ち》上《じょう》はまだ暗《くら》がりにしずみ、街灯《がいとう》もついたまま。なのに、たかい空《そら》にうかんだ雲《くも》は、きれいなあかるい色《いろ》をしている。

その雲《くも》の下《した》をカラスが三羽《さんわ》、とんでいく。一羽《いちわ》がアーアーと二度《にど》なくと、どこかでべつのカラスが、アーアーと二度《にど》なく。アーアーアーと三度《さんど》なけば、アーアーアーと三度《さんど》、おなじだけ返事《へんじ》がもどってくる。カラスたちはそうやって、なにかをつたえあっている。

ポシーは夢《ゆめ》をみていた。その夢《ゆめ》に、リンボンボスタンが、少女《しょうじょ》のすがたをしたテンターナとともにあらわれて、こうささやいた――

「もう夜《よ》があけはじめた。時間《じかん》がない、よくききなさい。おまえののぞみをかなえてやろう」

「わたしの、のぞみ？」ポシーはいった。「なにがわたしののぞみなの？」

「おまえは〝あの星《ほし》〟のことをしりたがっている。太陽《たいよう》のむこうにある、おまえの星《ほし》だ」

「わたしの星《ほし》……」

「あの星《ほし》はほんとうにある」リンボンボスタンは断言《だんげん》した。「星《ほし》の名《な》は〝ポレタポルテ〟だ」

「ポレタポルテ――なんだか、なつかしい気《き》がする」

「とても小《ちい》さな星《ほし》だ。そして、おまえがいるところからは、つねに太陽《たいよう》の反対側《はんたいがわ》に位置《いち》することになっている。にもかかわらず、おまえはみつけた。だれにいわれるでもなく、おまえ自身《じしん》で。だからあれは、おまえの星《ほし》だ。これからも、大切《たいせつ》におもうがいい」

「それがわたしの報酬《ほうしゅう》……」ポシーはハッとして「あの星《ほし》のこと、もっとおしえてほしい！」

「ダメだ。さがして、みつけて、ふれるのだ。おまえ自身《じしん》でな」

「わかりました」ポシーはすなおにいった。「あなたはいい人《ひと》……じゃなくて、いい悪魔《あくま》ね」

「いい悪魔《あくま》だと？　おかしな言葉《ことば》だな、矛盾《むじゅん》している」

「でも〝善《よ》き悪魔《あくま》もいれば、悪《あ》しき天使《てんし》もいる〟って、まえにいったもの」

「なんだ、ものおぼえがいいのだな。余計《よけい》なことをいわないうちに、退散《たいさん》したほうがよさそうだ……が、そのまえに、しておかねばならないことがある」

リンボンボスタンはいつのまにか、あの契約書《けいやくしょ》を手《て》にしていた――そう、ポシーの血《ち》でしるした契約書《けいやくしょ》だ。リンボンボスタンは彼女《かのじょ》にも、契約書《けいやくしょ》をだすようにいっ

た。ポシーは夢《ゆめ》の中《なか》でもちゃんと、ポシェットを肩《かた》にかけていた。リンボンボスタンは二通《につう》の契約書《けいやくしょ》を、最初《さいしょ》のように、むかいあわせにかさねると、「テンターナ、炎《ほのお》だ」といった。少女《しょうじょ》のすがたのテンターナが、口《くち》をすぼめて炎《ほのお》をはきだすと、契約書《けいやくしょ》はきれいにもえつきた。

「サア、これでいい。契約《けいやく》は完全《かんぜん》に履行《りこう》された」

そういうとリンボンボスタンは、まっ黒《くろ》な足《あし》あとをのこして、ポシーの夢《ゆめ》からたちさった。

ところで、ポシーの夢《ゆめ》の中《なか》にいたあいだ、リンボンボスタンは同時《どうじ》に、ポパーの夢《ゆめ》の中《なか》にもいた。彼《かれ》はポパーにも、のぞみをかなえてやろうといった。

「なぞなぞがすきなら、どんななぞなぞでも、たちどころにとけるようにしてやろう」

リンボンボスタンがそういうとポパーは、

「え!? そんなのやだよ。絶対《ぜったい》やだ! いまのままがいい!」

なぞなぞをとくたのしみがなくなるなんて、とんでもないことだった。

「いまのまま――それがおまえののぞみというわけだ」リンボンボスタンはわらった。「よかろう。おまえはおまえのままだ、どんなときでもな」

それをきいて、いっしょにいたテンターナが、おかしくてたまらない、というようにわらった。ポパーの夢《ゆめ》は、そこでおしまいになった。

＊

目《め》をさますとポパーは、枕《まくら》の下《した》から青《あお》い革表紙《かわびょうし》のノートをだして、ポシーのところへいった。

「おはよう、お姉《ねえ》ちゃん。まだねむってる？」

「ねむってる人《ひと》は、返事《へんじ》なんてしないでしょ」といいながらポシーは目《め》をあけた。

「あのさ、リンボンボスタンさんがきて、のぞみをかなえてくれたよ」

「そうなの？　わたしのところにもきたけど」

「そっか、よかった。じゃあ、お姉《ねえ》ちゃん、なぞなぞだして！」

「夢《ゆめ》の話《はなし》はもういいの？」

「うん、もういい。だからなぞなぞだして」

「まったく、あいかわらずなんだから」

そういいながらポシーは、本棚《ほんだな》から『世界《せかい》なぞなぞ大百科《だいひゃっか》』をひっぱりだした。

「えっと、今日《きょう》のなぞなぞは……」

〝夫《おっと》と妻《つま》と姉《あね》と弟《おとうと》があるいていた。道《みち》ばたに洋梨《ようなし》の木《き》があり、よく熟《う》れた実《み》が三《みっ》つ、なっていた。みんなはひとつずつ、それをもいでたべた。たべられない者《もの》は、一人《ひとり》もいなかった。どうしてか？〟

ポパーはなぞなぞをノートにかきとったが、「これ、しってる！」といった。

「まえに、おなじのがあったもん。たしか、ホテルのベッドだったよ！」そういってノートをパラパラとめくっていき、「あった！　これ！」

〝ホテルにきた三人《さんにん》の母親《ははおや》と三人《さんにん》の娘《むすめ》、それに二人《ふたり》の孫娘《まごむすめ》が、みんなおなじ部屋《へや》でねることになった。ベッドは四《よっ》つあり、一人《ひとり》ずつベッドでねられた。どうしてか？〟

「おなじでしょ？　ちがう？」

「そうね。おなじだとおもう。こたえはちゃんとわかるの？」

「わかるよ！　かさなってる人《ひと》がいるから、へるんだもん。夫《おっと》と弟《おとうと》がおなじ人《ひと》かもしれないし、姉《あね》と妻《つま》がおなじかもしれないけどね。ホテルのは、ひいおばあさんとおばあさんとお母《かあ》さんと娘《むすめ》だもん。それより、カラスのなぞなぞがあったでしょ？　あれって、一羽《いちわ》でも銃《じゅう》でうてば、みんな、びっくりして、にげちゃうんじゃないのかな。だから木《き》の枝《えだ》にのこってるのは〇羽《ゼロわ》。ちがう？」

「あれはね、イジワルなの」ポシーはいった。「もし〇羽《ゼロわ》とこたえたら、カラスはずうずうしいから、十三羽《じゅうさんわ》ひく一羽《いちわ》で十二羽《じゅうにわ》です、ということもできるし、もし十二羽《じゅうにわ》がこたえだったら、ほかはみんなにげたから〇羽《ゼロわ》、ということもできるんだって。本《ほん》にそうかいてあった」

「へえ！　そうなんだ！」

「おこらないの？　そんなのズルい！　って」

「つぎからは、そういうこたえもかんがえるから、だいじょうぶだよ」

フーン、というとポシーは、こんな弟《おとうと》だけど、まあいっか、とおもった――が、もしかすると、こんな弟《おとうと》だから、いいのかもしれない、とおもいなおした。

「今回《こんかい》は、あなたのおかげで、いろいろたすかった。どうもありがとう」

「え？　なんで？　お姉《ねえ》ちゃんじゃなきゃ、さがしものはできないよ？」

「だから」とポシーはいった。「わたしたちはいいコンビってこと。さあ！　いそがないと遅刻《ちこく》しちゃう！」

二人《ふたり》は大《おお》いそぎできがえをはじめた。猫《ねこ》とちがって人間《にんげん》は、パジャマをぬいだり、服《ふく》をきたりしなくてはならないのだ。夜《よる》あけのような白猫《しろねこ》のヨレナは、ポパーのベッドの上《うえ》で、のんびりと毛《け》づくろいをしている。きがえをすませて、髪《かみ》を三《み》つあみにするとポシーは、ポシェットの中《なか》をしらべた。おもったとおり、契約書《けいやくしょ》の燃《も》えかすがはいっていた。

ポシーは窓《まど》のところへいくと、両手《りょうて》でパッとおしひらいた。あかるい太陽《たいよう》のひかりが部屋《へや》いっぱいにあふれる。あの太陽《たいよう》のむこうには〝星《ほし》〟がある――彼女《かのじょ》はそのことを、ハッキリとかんじることができた。

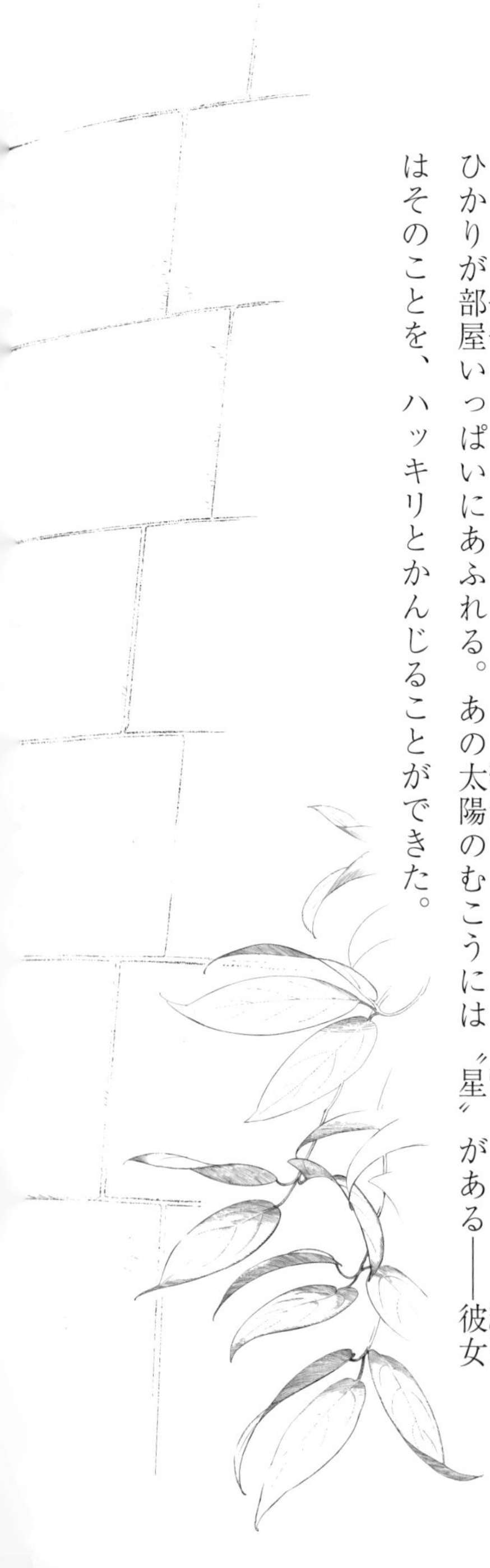

オカザキ・ヨシヒサ（岡崎祥久）

作家。東京に生まれる。「秒速10センチの越冬」で第40回群像新人文学賞を受賞。

YA作品として『バンビーノ』『独学魔法ノート』（理論社）、文芸書として『楽天屋』『南へ下る道』『首鳴り姫』『昨日この世界で』『ctの深い川の町』『ファンタズマゴーリア』など。

他に、中国の再話『千年ギツネ』がある。

小林 系（こばやし けい）

絵描き。東京で生まれ育つ。

絵本に『くらいところからやってくる』（前川知大・作／講談社）、装画・挿絵に『ギリシア神話 オリンポスの神々』（遠藤寛子・著／講談社青い鳥文庫）『とうふやのかんこちゃん』（吉田道子・文／福音館書店）などがある。

ポシーとポパー ふたりは探偵　魔界からの挑戦

2020年5月　初版
2020年5月　第1刷発行

著者　オカザキ・ヨシヒサ
画家　小林 系
発行者　内田克幸
編集　芳本律子
発行所　株式会社理論社
〒101-0062 東京都千代田区神田駿河台2-5
電話　営業 03-6264-8890　編集 03-6264-8891
URL　https://www.rironsha.com
印刷・製本　中央精版印刷
装幀　山田 武

ISBN978-4-652-20377-4 NDC913　四六変型判 20cm 158p